◉ 相约名家·"冰心奖"获奖作家作品精选

QINGSEYOUSHANG

青涩忧伤

刘建超 著

高长梅　王培静/主编

九州出版社 JIUZHOUPRESS｜全国百佳图书出版单位

图书在版编目（CIP）数据

青涩忧伤 / 刘建超著. -- 北京：九州出版社，2013.5（2024.4 重印）

（相约名家·冰心奖获奖作家作品精选 / 高长梅，王培静主编）

ISBN 978-7-5108-2072-4

Ⅰ.①青… Ⅱ.①刘… Ⅲ.①短篇小说 – 小说集 – 中国 – 当代 Ⅳ.①I247.7

中国版本图书馆CIP数据核字（2013）第084615号

青涩忧伤

作　　者	刘建超　著	
出版发行	九州出版社	
地　　址	北京市西城区阜外大街甲35号（100037）	
发行电话	（010）68992190/3/5/6	
网　　址	www.jiuzhoupress.com	
电子信箱	jiuzhou@jiuzhoupress.com	
印　　刷	三河市恒升印装有限公司	
开　　本	710毫米×1000毫米　16开	
印　　张	9	
字　　数	130千字	
版　　次	2013年5月第1版	
印　　次	2024年4月第6次印刷	
书　　号	ISBN 978-7-5108-2072-4	
定　　价	49.80元	

出版说明

冰心是我国现代文学史上著名的作家,她的儿童文学作品和散文在中国文学史上占有重要位置。

这里所说的"冰心奖"包括"冰心儿童文学艺术奖"和"冰心散文奖"。

"冰心儿童文学艺术奖"创立于1990年。创立以来,它由最初的单一儿童图书奖,发展为包括图书、新作、艺术、作文四个奖项的综合性大奖,旨在鼓励儿童文学作品的创作出版,发现、培养新作者,支持和鼓励儿童艺术普及教育的发展。其中,"冰心儿童文学新作奖"与"宋庆龄儿童文学奖"、"陈伯吹儿童文学奖"、"全国儿童文学奖"并称国内四大儿童文学奖。

"冰心散文奖"是一项具有权威的全国性的散文大奖。冰心生前曾是中国散文学会名誉会长,"冰心散文奖"是遵照其生前遗愿而设立的,旨在彰显我国散文创作的成就,不断评选出题材广泛、思想敏锐、着力表现现实生活,创作形式风格多样的优秀散文。"冰心散文奖"是与"茅盾文学奖"、"鲁迅文学奖"并列的我国文学界散文类最高奖项,也是中国目前中国散文单项评奖的最高奖。

《相约名家·冰心奖获奖作家作品精选》共收录近年来荣获"冰心儿童文学艺术奖"和"冰心散文奖"的三十位作家的作品。这些作品无论是小说还是散文,或抒写人间大爱,或展现美丽风光,或揭示生活哲理,或写实社会万象,从不同角度给青少年读者以十分有益的启迪。

随着中小学课程改革的深入与发展,让中小学生多读书、读好书早已成为共识。我社推出本套大型丛书,希冀为提升中国的基础教育、为青少年的健康成长尽一份力。

九州出版社

目 录

CONTENTS

目 录
C O N T E N T S

目 录

C O N T E N T S

第一辑
陌生人敲门
QINGSEYOUSHANG

心尺

  萝卜白菜，各有所爱，郑祺喜欢搜集各式各样的尺子。

  郑祺的父亲是个裁缝，在老街开着一家裁缝铺，手工缝制，工艺讲究，在老街有着很好的口碑。郑裁缝四十得子生下郑祺，自然娇宠。老街有抓周的习俗，孩子周岁的那天，铺上席子，席子上摆了许多代表着不同寓意的物件，让孩子去抓，祈求孩子将来能有个好前程。郑祺面对着花花绿绿的诱惑，左看看右瞅瞅，绕过父母故意放在他眼前的"元宝"、"官印"，抓住了郑裁缝天天离不开的量衣软尺。郑裁缝不甘心，把软尺挂在自己的脖子上，让郑祺重新抓，结果郑祺竟然摇摇晃晃站起来，踉跄着迈出了他人生的第一步，还是去抓郑裁缝脖子上挂着的尺子。这孩子，莫非要子承父业，长大了也做裁缝？

  郑祺喜欢尺子，自己在家有把尺子玩就不闹人。上学后，他书包里总放着个软尺，课间就拿出来量墙、量树，量校园后墙根的小草。班里的男女生同桌，中间划开，谁也不能超过"三八"线。班里的王大头，仗着身高体壮，总是欺负同桌女生，把课桌霸占了一半还多，同桌只要过线，他就用胳膊肘顶人家，女同桌哭了，找到班长告状，班长也惧王大头，就推给郑祺，说郑祺有尺子，给量量谁侵略谁？郑祺马上拿出尺子，认真地量了两次，说王大头侵略了15.4厘米。同学就起哄，郑祺潇洒地收回尺子，看也不看身后拣着腰瞪着眼的王大头。

放学路上，王大头把郑祺堵在了河边的木桥旁，手里拿着根枝条。王大头说，你不是会量吗？我说手里的枝条有一米二，你量量。

郑祺拿出尺子量过，说，一米一。

一米二！

一米一！

王大头的枝条抽在郑祺的身上。

一米二！

一米一！

枝条又落在郑祺身上。

一米二，你再给我量。

郑祺拿尺子量过，一米，你刚才把枝条打折了。

王大头气得哇哇叫，夺过郑祺手中的尺子扔进了河里。

郑裁缝抚摸着郑祺的头说，你做得对，孩子。一就是一，二就是二，心正，尺子就正。

郑祺大学的专业是工程建筑，学业紧张了，收集尺子的喜好没有变。各式各样的尺子装了几个纸箱。

郑祺在宿舍里经常给大家表演量尺寸的游戏，屋子里凡能看到拿到的物件，郑祺就用手指来丈量，结果也和尺子量的不差分毫。更绝的是，他还能目测出你两眼之间的距离，手臂的长短，步幅的尺度。学校开运动会，宿舍的李子掷铅球。第三次投掷的距离刚报完，郑祺就提出质疑，认为测量有误差，至少有三公分的误差。测量的同学撇着嘴不服，重新一测，果然差了3公分。李子凭着找回来的三公分，拿了第二名，在学校食堂狠狠地请了宿舍的哥们。

郑祺毕业分配到建设局，要和大大小小的开发商打交道。郑祺专业的知识，果敢干练的作风很受上级赏识，六年的历练，郑祺升任局长，成为同龄人中的佼佼者。

郑祺喜欢尺子，还将搜集的老木尺子包装成精美的礼品，送给同事朋友。尤其是朋友家只要添丁，他必定要选个好尺子送给人家，还寓意为孩子长大会成为赤子，爱国爱家孝敬父母，正直做人。朋友都说他抠门，他呵呵一笑，礼轻寓意重。

郑祺再次见到老同学王大头是个午后。王大头已经是财大气粗的开发商，手眼通天的人物。新经济开发区建设，王大头的公司拍下了好几个大项目。

枕云阁茶社布置的古朴典雅，悠扬的古琴曲缓缓缭绕，是个静心养性的好去处。在檀香氤氲的包厢里，郑祺和王大头品着茶，天南地北地闲扯。

郑祺知道王大头约他喝茶的缘由。王大头开发的几个小区竣工验收，有人举报单元实际面积与施工图纸有差异，却被王大头打通关节过了关。郑祺带着调查组去了现场，查看了情况。郑祺说，至少有百分之二的误差。工作人员测量的结果是百分之二点一，每个单元面积少了二点七三平方米，惊奇地咂舌。

茶过三泡，王大头沉不住气了，老同学，你就大度些，把此事置之度外。我不会亏待你。

郑祺呷了一口茶，老同学，你这两个小区，八百套住房就要昧下老百姓一千多万啊，这钱你就挣得安心？

王大头说，老同学，我这人喜欢直来直去。我也不为难你，误差总会有的。差一平方米，行了吧？给个面子。

郑祺摇摇头。

王大头拿出一个纸袋放在郑祺眼前，美金，五万。一平方米！

二点七三平方米！

王大头又拍出一个纸袋，一平方米！

二点七三平方米！

王大头的脸有些扭曲，老同学，别把事情做绝。处世小心为妙。

郑祺站起身，说，老同学，我又不是没有挨过你的枝条，呵呵。谢谢你的茶，真是好茶啊。送你一把我收藏的木尺，告辞了。

郑祺步出茶社，正是秋高气爽的季节。

神算

在老街占卜算卦人也分着三流。

一流大宅院，二流租门面，三流坐地摊。有自己大宅院的主家，都是名声在外。上门求见的也都是财大气粗的达官贵人，一般老百姓人家是进不得的。老街能租个门面等客上门的主家已经算是混得不错了，买卖不算稠密，却是半年不开张，开张吃半年。老街最多的还是摆地摊的卦先，脚前铺上一块布，摆上卦签，坐个小木凳，摇着一把扇子，招呼来往的客人。

有大宅院能够租门面的主家，都有真真假假虚虚实实玄玄乎乎的传奇故事。摆地摊的就平淡无奇了。闷子也是坐地摆卦摊，摆地摊的卦先闷子可是个有故事的人物。

闷子初中辍学，在家中游手好闲，吃不得苦。无意中在箱子里翻出一本《麻衣面相》，便对相面算卦起了兴趣。

闷子第一次在老街摆摊才刚刚十八岁。一个娃子蛋竟然敢来老街摆卦摊混吃喝，老街人自然是不买账，没人问津。正是集市上热闹的时辰，闷子对一个匆匆赶路的中年人说道，这位老哥迟缓两步走。看你家有难事，我说的不准，你尽管扇巴掌，说得准了也分文不要，赏个肉夹馍就中。

中年人犹豫着停下了脚步。

闷子大声吆喝道，这位老哥，屋漏还招连夜雨，船迟又遇打头风，这几年来事不顺，好事无成反成凶。看你夫妻官相不合，家中内室不安。

中年人坐在闷子递过来的小马扎上，球，你说说看。

闷子说，说了你可别不高兴，糊涂婚姻最可怕，三天两头总吵架，一生夫妻不和睦，活着骂，死了嫁。

中年人说，就是娃子不争气，天天兑架。早上她回娘家了。

闷子神气了，脚踩棒槌转悠悠，时运不及莫强求，冷手抓不住热馒头，心急喝不得热米粥，单等来年时运转，自有好运在后头。我说个法子，准灵。

闷子的生意就此开张。

闷子收摊走到暗角处，等在那里的中年男子给了闷子一巴掌，这是你占你爸便宜的报应。老子也成你兄弟了。

闷子挠挠头，爸，这不是给你赚回了一百多元了，我在老街也能站住脚了。

凭闷子的聪慧，在老街站住脚了，还渐渐地闯出点名声。有人说，闷子也该去租个门面，开个易经堂之类的场子了。闷子乐呵呵地说，我不费那劲。开个门面还得天天有人支应，我这想来就来，想走就走。不缴税也没有管理费。

闷子在老街摆卦摊，摆到了结婚生子，孩子该上学的年龄了。因为不是本地的户口，孩子报不上名。

闷子找了校长，校长也为难，说孩子多，校舍不够，想改造也没有资金。

闷子说，我找人帮你改造了，孩子上学的事你给接着。

闷子不摆摊了，围着学校四周转悠。

学校的北边，有一家开发商，同当地的群众有些利益上的问题，整天一帮人扯着白横幅堵住院门，影响施工，也有损公司形象，老板急得满嘴起疱。

闷子找到老板，说你的大门开错了，犯了风水。若想解难，就得重新修盖大门。按你这风水看，门朝东，顶头凶，门朝南，鸿运传。你现在大门朝东，你得改向南门。

老板说，那边是学校，改大门要占用学校的地，学校能愿意？

闷子说，你改建大门的占地是学校的二层旧校舍，你再帮着学校建起五层新校舍就行啊。学校也没吃亏。你的建房，拿出部分优惠售给学校的教师，当地人的孩子也得在学校上学吧？他们再闹，教师不上课，孩子不上学，那才是天大的事。虽然有些花费，却除去麻烦，换得清静啊。

老板咬牙，干了。找学校商谈，一拍即合。结果和闷子说的一样。

老板买了好酒看望闷子，说，让我咋感谢你都成。

闷子说，不用谢。你的事情要彻底干净，还差一道。你把每间房都挂上一米二长的桃木剑。避凶化吉，事业大兴。

老板信闷子的话，在老街一家装饰店买了五百把桃木剑。桃木剑不但辟邪还能保佑生意的传闻，让老街人把桃木剑都买空了。

卖桃木剑的米老板见到闷子就拜，说闷子真是神算啊。他从外地订一批桃木剑，因为粗心多写了个零，结果五百把成了五千把。大笔资金被压，走投无路，找闷子算算这生意咋样，闷子就掐着指头说，钱财常达心里去，可惜眼前难到手，不如意时要忍耐，遇到闲事莫开口。安心等待，三个月后，货准出手。

米老板说，我要兑现当时的承诺，红利分你一半。若不是你，我就得倾家荡产。

闷子摆摆手，事由也起自学校，你就给学校捐些课桌吧，也是做了善事。

米老板慷慨地说，那没问题，咱的孩子也在学校上学。

闷子孩子的老师来家访，说，闷子，你太神奇了。你送孩子来上学，我埋怨学校的课桌太破旧了。你说，三月后自有贵人相助。今天就有人捐助了一批新课桌。你孩子就坐的新课桌。

闷子媳妇给闷子打酒炒菜，说，闷子，你还真行啊，一石三鸟。

闷子美滋滋地抿一口酒，哈，大狗叫小狗也要叫。有吃有喝，活呗！

陌生人敲门

屋外很热，蝉在唱——热啊—热啊。屋里很凉爽，空调卖力地献着殷勤。

敲门的是个姑娘，额头上渗着细麻麻的汗珠。你好，你是萌萌吗？我是莉莉，小学的同学啊。

萌萌迟疑了，莉莉？噢，快请进。

哈，萌萌，快二十年不见了，变化好大，漂亮啊。在街上我是不敢认你了。

是啊，我也认不出你啊。

两个姑娘坐在沙发上，开始的拘谨被凉爽的微风吹散。萌萌，知道我怎么找到你的吗？还记得不记得咱班那个外号叫小鬼子的男孩丢丢？

哦，萌萌摇摇头。

咳，就是给我写纸条被老师罚站的那个阮丢丢。

萌萌似是而非地点点头。

这小子现在混得不错，在做一家装修公司。他那天告诉我说萌萌住在这个小区。我们都快二十年没有见面了，今天就专门来会会老同学，也给你赔礼道歉。

萌萌给莉莉剥橘子，给我道歉？道什么歉啊？

就是那次学校文艺演出啊。咱班的歌舞表演《蓝精灵》。你是跳蓝精灵小妹的，可是我太喜欢蓝精灵了，特别是喜欢最后的蓝精灵小妹的劈叉，特想去显摆显摆。我就让妈妈去找了班主任。我妈妈和咱班主任是同学，班主任就调整让我去演蓝精灵小妹了，你伤心地哭了。咳，这事让我特内疚，总想找个机会给你道歉。初中我们就分开了，一直也没有再见到你。快二十年了，这件事像块石头压在心底就是不痛快。一听丢丢说你住在这，我这就冒昧地找来了。问了好几栋楼。萌萌，真的对不起啊！

莉莉眼睛红了，晶莹的泪珠在晃。

萌萌揽住莉莉的肩膀，咳，我根本不记得了。不过蓝精灵的歌还记得，还是经常地唱：

在山的那边海的那边有一群蓝精灵，

他们活泼又聪明，他们调皮又灵敏，

他们自由自在生活在那绿色的大森林，

他们善良勇敢相互多关心。

欧，可爱的蓝精灵，可爱的蓝精灵！

两个姑娘开始小声地哼哼，接着放开了声，唱得泪流满面。萌萌的妈妈从里屋出来，说两个疯丫头，鬼叫似的，也不怕邻居笑话。

妈妈问莉莉，你家住哪儿？爸爸妈妈做什么工作啊？你在哪上班啊？

萌萌不高兴，妈妈，你是不是有查户口的瘾啊。怎么我的同学朋友一来，你就是这一套啊。你老人家去歇着吧，我们说自己的话，你别总在这里当代沟好不好？

妈妈嗔怪地瞪了萌萌一眼进了里屋，萌萌做了个鬼脸，两个姑娘又笑成了一团。

莉莉问萌萌，有男朋友了吧，啥时间叫来面试面试？

萌萌笑了，还没有啊。马上就成剩女了。我妈天天吆喝我，只要是男同事来家里她就认为是我带的男朋友，对人家可热情了。搞的几个男同事都不敢来我家，说我妈热情地让他们受不了。

萌萌问，莉莉，你的白马王子找到了吧？

莉莉说，你猜猜看。哈画个范围，咱班的。

萌萌挠挠头，小学里的男同学我还真没有什么印象。不会是你说的那个小鬼子丢丢吧？

莉莉说，丢丢也是我的崇拜者之一。追了我好几年，现在还黏黏糊糊的哪。我看上的是咱班的文体委员，又高又帅的马骏。记得不？

萌萌摇摇头。

马骏你不记得了？满肚子的坏点子。上高中三天两头给我写纸条，也不知道从哪抄来的那些肉麻的情诗。我一气之下就交给了老师，说你有本事来点原创的好不好？老师让他在班上做检查，他在班上真的来了首原创的：写信正当午，吓得面如土，谁知意中人，居然是叛徒！

两个人笑得前仰后合。

后来，毕业了。我上的中专，他上的技校。两个学校离得不远，经常来往，哈就处出感觉来了。

看得出你很满足、很幸福啊！

莉莉说，知足者常乐吧。毕业也找不到像样的工作，我就在老街的丽京门下开一个寿司店，现做现卖，年轻人还挺喜欢的。店名就叫小丸子。哈哈，马俊说这个名字好，和我的长相差不多，到处都是圆圆的，像个丸子。我今天还特意给你带来了一盒，尝尝，我的手艺如何？

莉莉打开食盒，五颜六色的寿司真诱人胃口。萌萌说，我吃了啊。手

已经捏起一个放进嘴里，点着头冲着莉莉伸大拇指。

莉莉说，我该走了，还要去备些货。萌萌，见到你真高兴。

萌萌说，莉莉，我大概不是你要找的那个萌萌。

莉莉爽朗地笑了，我也感觉到了。没啥，我真的很高兴，认识个新萌萌，而且我们都喜欢蓝精灵啊。再见了，想吃寿司去找我啊，暗号，蓝精灵。拜拜。

萌萌的妈妈扯住还在愣神的萌萌，萌萌我跟你说，以后不准给陌生人开门，更不能邀请进家里了。你了解她吗？你知道她来什么目的吗？是不是有什么动机，是不是来踩点啊，现在受骗上当的人多了，你听到没有？以后不准给陌生人开门。

屋外很热，屋里很冷，萌萌不禁地打了个寒战。

戏神

常河在老街唱戏，常河唱的戏是地方戏，叫曲子。曲子戏起源的时间并不长，清朝末年间，从老街民间踩高跷曲演变而来，不过百十年的光景。老街是曲子戏的发源地，老街人爱听曲子戏，被称为曲子窝。曲子戏的调门也都是几代的曲子艺人从老街各行各业叫卖声、读书声、吵骂声、哭诉声中提炼出来的。曲子一响，忘了爹娘。可见老街人对曲子的痴迷。

常河最擅长哭戏，在曲子代表戏《卷席筒》里，常河饰演小仓娃，小仓娃在大堂上诉冤里那一大段八十五句的"哭诗调"，最让老街戏迷魂魄出窍。

　　唉咳——我的大老爷呀，

　　你稳坐在察院，

　　我把这前前后后，

　　左左右右曲曲弯弯，

　　星星点点一点儿不留一齐往外端……

　　常河嗓音洪亮，吐字清晰，就是戏园子里没有扩音设备，常河照样能让剧场里坐在每个角落里的戏迷听得清清亮亮、舒舒坦坦。尤其是最后一句甩高腔：我的大老爷呀，你看我浑身上下，上下浑身都是冤哪——更是伴着叫好声掌声和泪水飞舞。

　　有人说常河唱得好，是因为常河敬拜戏神。有人看见常河在唱戏前总是要恭恭敬敬地对着戏神的画像作揖敬拜，十分虔诚。常河拜的戏神是谁？有人说是汤显祖，有人说是曲子戏的创始人朱天水，谁也没有见过。

　　老街有个传说，老街有个富商的女儿貌美如仙，却患上忧郁症。茶饭不思，寝食难安，闭门不出，家人多方求医不见好转。有人建议富商带着女儿去听常河的戏。富商虽然觉得玩笑，无奈之下也只好试试。便让家人硬把女儿带到了老街戏园子。谁知，常河戏一开场，女儿就随着常河戏中人物的喜怒哀乐如醉如痴。戏散场，女儿竟然在老街"不翻汤"小店里喝了两碗"不翻汤"，到家一觉睡到天亮。富商的女儿相中了常河，非要以身相许。这个传说没有经过考证，不过富商连包了十场戏却是真的。

　　常河唱曲子是卖了命儿，每次唱完"哭诗调"汗水都会湿透戏服。管理服装的云袖姑娘，不管戏啥时候散场，她都要把常河换下的戏服熨烫晾干，收拾停当。一来二去，常河和云袖有了交往，几年后两人结婚。

　　常河和云袖的儿子常小河八岁那年，老街的剧团解散了，剧团的人各找门路。常河和云袖在老街开了个馄饨铺，生意不好不坏，勉强维持生计。

有人建议常河在铺子里唱戏，可以招来客户。常河不允，常河说，曲子是艺术，我又不是个卖唱的。日子清贫，常河两口子却很踏实。闲暇，常河就教儿子常小河唱曲子，儿子极聪颖，一招一式有模有样。参加省电视台的戏曲大奖赛，获得了少年组的第一名。

常小河考入京城的一所戏剧学院，常河的媳妇云袖得了重病，卧床不起。家里负担一下子沉重起来。

一天傍晚，常河当年的同门师弟登门拜访，言左右而顾其他，心不在焉。常河说，师弟，有话直说吧。

师弟磕磕巴巴地说，汝州有个老板的父亲去世了，正办丧事。去世的老人是个曲子迷，当年听过常河的戏。老板想请常河去唱一场，给两万报酬。

搁在往日，常河非摔了杯子和师弟翻脸不成。看着重病在床的妻子，常河应允了，只要不在老街唱，我去。

灵棚搭在街口人车过往的热闹地界，排场很大。

戏台子搭建在灵棚对面。看热闹的人不少，乱哄哄嘈杂杂。

唉咳——我的大老爷呀——

常河一亮腔，人群立刻安静下来。有懂戏的人立马就认出了常河，消息一出，街里的男女老少都跑出来看热闹。

常河的"哭诗调"唱得看热闹的人泪流满面，更是让出丧的人愈加悲痛。办丧事的老板长足了面子，多给常河塞了一万元。

常河回到家里，把钱拿给妻子看，咱有钱看病，有钱供儿子读书，你安心养病，咱这个家塌不了。

常河漱洗过后，对着戏神的画像默默不语，泪水直下。

有了开头就收不住了，来请常河去唱红白喜事的人越来越多，价码也越给越高。常河来者不拒，只是有一条，绝不在老街唱。

常小河在京城举起戏剧梅花奖奖杯的时刻，他父亲常河在老街匆然倒下。

　　唉咳——我的大老爷呀——

　　常小河在父亲葬礼上，唱起了催人泪下的"哭诗调"。

　　送走了父亲，常小河在父亲生前经常敬拜的戏神像前深深地鞠躬，那戏神的画像上是父亲常河的照片。

第二辑
风沙掩埋的情仇
QINGSEYOUSHANG

大漠里的旗帜

她来看他，是为了离开他。

他不知道，兴奋紧张地搓着一双皲裂粗壮的手，这么远，天啊，你怎么来了？

她看着他，看着相恋十年，那个曾经帅气充满诗意的小哥，如今粗犷得像工地上的装卸工，她还是没有忍住泪水，晶莹的泪珠在白嫩的脸颊冰冷地滑落。

她下了火车乘汽车，走了三天三夜，又搭乘过往的大货车颠簸了一天，才在一望无际的荒漠中看到了他居住的那个小屋。西部边陲的一个养路站，只有一个人的养路站，养护着近百公里的国道。

她和他在大学相识，他们都是学校野草诗社的铁杆，酸不拉叽的诗常常让他们自己骄傲得忘乎所以。他俩相恋了，就因为都喜欢泰戈尔的诗，生如夏花，死如秋叶，还在乎拥有什么？在校园的雁鸣湖边，他轻轻地吻了她，说过不几年，我将成为中国诗坛的一面旗帜。

浪漫似乎只在校园里才蓬勃、畸形、疯狂地蔓延。当毕业后走上社会，才知道校园的美好都被现实的无情的铁锤砸得粉碎。为了寻找工作，他和她早把诗意冲进了马桶。

他的父亲是养路工，在西北。父亲生病期间，他去了父亲生活的城市照顾，父亲去世后，他竟然接过了父亲手中的工具成为一名养路工。

大漠荒烟，千里戈壁，他给她写信，描绘着他眼前的风景，天空虽不曾留下痕迹，但我已飞过。我真的感受到泰戈尔这句话的含义了。

她感受不到那些诗意，没有他在身边的日子寂寞无聊。家里人给她介绍男朋友，她都拒绝了。可是，她也不确定自己究竟能等到个什么样的结果。

一年一年的春花秋月，把他们推向了大龄的边缘。经不住妈妈的哭闹哀求，她妥协了，去见了妈妈公司领导的儿子，小伙子很精干，谈吐也很睿智。她就模棱两可地处着，心中还是牵挂着远方的他。

她要了断同他的情缘，这样下去对谁都不公平。

她给他带了大包的物品。他笑着说，我这啥都不缺，啥都不缺。

她环顾四周，煤气炉、木板床、米面油、咸菜。

他笑了，似乎恢复了校园里的碎片，玩笑说，孟子曰天降大任于斯人也，必先苦其心志，劳其筋骨，饿其体肤，空乏其身。这些我都具备了，就等着天降大任了。

晚饭、稀饭、馒头，她带来的熟制品。

他居然端出了一盘鲜绿的青菜。在这一抹黄的沙丘，见到鲜绿的青菜，她都舍不得动筷子。

你一个人不寂寞吗？她说。

不寂寞，白天养路，晚上看书，看你的信。我能背下来泰戈尔诗集，也能背下来你写的每一封信。

夜晚，她躺在床上，他躺在床下。荒漠的风像狼一样嗥。

我明天就走吧，看看你，我也就放心了。她说。

嗯，谢谢你来看我。好好生活吧。他说。

她伸出手，他也伸手，细嫩的手被粗糙的手握住。

她哭了，翻下床卧在他怀里哭了。

第二天风和日丽，天蓝如洗。她搭上了一辆过往的货车。

司机是个很健谈的小伙子，踩上油门也打开了话匣子。小伙子说，这个养路站就像是他们跑长途司机的驿站，加油加水，填饱肚子。养路站就他一个人，他还学会了修车补胎。几千公里的路段，就他养护的这段路最好。

在一个大拐弯处，司机停下车，提着一只袋子下了车。

她伸头望去，路基的远处是一个低洼带，竟然有一片十几平方米的小菜地。菜地里的绿色格外养眼。怕菜苗被飞鸟或小动物侵害，菜地的四周插满了树干，树干上挂着五颜六色的布条，像是挂满了万国旗。

司机把袋子里的土倒在菜地边，回到车上说，经常走这里的司机都知道给这块菜地带点土。这地方风沙大，就这一块是个避风的港湾。他每天都要骑车几十里来这里种菜浇水。来场大风暴，菜地就没了，风暴过去后，他重新再开。我们司机每次经过这里都要鸣笛致意，我们把它称为大漠里的旗帜。那些布条上都写着一些字，有人说是诗，我也不懂，反正我记得其中一个上面写着，生如夏花。

她的眼泪夺眶而出，她的名字就叫夏花。

她回到家，眼前总是飘舞着大漠里那五颜六色的旗帜。

她又准备动身去看他，她带了一挎包土。她要告诉他，大漠里的旗帜下不该少了家乡的泥土。

流泪的水

一个游人迷了路，无意中走入了深山里的村寨。村寨人很好客，拿出最好的山珍野味，自酿的陈年老酒款待他。游人很感激，可是他没有什么东西可以回赠，包里只有一瓶矿泉水，他就把矿泉水送给了这家的大眼睛孩子。游人回去的路还很长，大眼睛孩子的爸爸，把一只葫芦里灌满了自己缸里的水，让游人带着路上喝。

村寨的孩子没有见过塑料瓶瓶里装的水，都很稀奇，一瓶水在孩子们的手里传来传去。

城里人喝的水就是高级啊，别说水了，就是这瓶瓶也得值多少钱啊。

打开尝尝呗，咱也当当城里人。有孩子提出建议，十几双小眼睛流出渴望，眼巴巴地看着大眼睛。

大眼睛慢慢地拧开了矿泉水瓶子的盖盖，小心翼翼地往瓶盖里倒满了水，每人就这么多，谁也不准多喝。

从最小的孩子开始，一人一瓶盖。先喝了水的孩子在吧嗒嘴找滋味，等待喝水的孩子咽着口水。

每个孩子都喝过之后，大眼睛才自己端着小瓶盖喝了一口，品品，自己又喝了一口，大眼睛哭了，泪水流进嘴角，咸咸的。

城里喝的水就是有种味道，和村子里的泉水不一样，不一样就是特别，特别就是好，好就令人向往。大眼睛希望自己也像那个游人一样，到遥远的大城市去，去喝这种装在瓶瓶里不一样的水。

大眼睛有了城里人的水，每天都会有孩子围着他，每天都想尝一瓶盖城里人的水。几天，那瓶子里的水就喝完了。大眼睛把自家水缸里的水灌入瓶瓶里，好像还是满满一瓶。孩子们知道，大眼睛瓶瓶里已经不是城里的水了，他们不再围着他讨要，也不来和他玩了。

　　大眼睛时常带着那瓶水，坐在山崖上，看着远处的天际，他鼓励自己，一定要走出大山，去到遥远的城市。

　　从大山里走出来的游人回到了城市。游人的妻子做了丰盛的晚宴，游人的朋友都被邀请来家里庆贺。推杯换盏之间，有人看到了挂在墙上的葫芦，说那就是山里人自己酿制的陈年老酒吗？

　　游人想开个玩笑，说就是，你尝尝。

　　朋友就打开了葫芦的塞子，倒了一杯，一饮而下。

　　游人忍住笑，故意问，味道怎么样，浓烈吧？

　　朋友没有说话，又倒满一杯喝干，泪水便从朋友的眼角流下。朋友说，甘露，甘露啊，天啊，这是神水吧？神水。

　　大家好奇，都倒了一杯饮下，果然神奇啊，山林里的原始风味，沁入肺腑，仿佛能看到那清澈晶莹的山泉，能嗅到遥远儿时记忆的味道，个个禁不住泪流满面。

　　朋友说，快去找到这个山寨，咱们大家入股投资办个天然饮用水厂，直接灌装就行啊，这水的牌子就叫老家的味道，准保火啊。

　　一拍即合，众人开始筹资注册，项目评估。建筑大军开始修路架桥，寂静的山寨首次迎来了机械轰鸣声。

　　大眼睛孩子走出了山寨，到繁华的都市上大学，毕业后就留在了都市。大眼睛谈恋爱了，女孩是在城市里长大的，她教会了大眼睛怎样在都市里忙碌生存。

　　大眼睛已经习惯喝装在瓶瓶里的城市水，城市的水麻痹着他舌头上的味蕾神经。他开始怀念家乡山寨的山泉，怀念家乡清凉透彻沁人肺腑

的甘爽。

女孩来了，带来了一瓶天然水，牌子是老家的味道。

女孩说，你尝尝，新产品，喝了你就不想家了。

大眼睛喝了，说这比我家乡山寨的清泉水差远了。

女孩不解地问，水还有什么区别，除了卫生不卫生，水是透明无色无味的啊。

大眼睛说，那是教科书上对水的定义。一方水土养一方人，水不但有味道还有情感、有知觉。啥时候我带你去我的山寨，喝我们山寨的清泉水，保证你一辈子都忘不掉。

女孩说，我才不相信呢。

大眼睛真的就带着女孩去了山寨。山寨已经通了公路，有了公共汽车，原来居住的村子已经搬迁，修建了宾馆度假村。空气中弥漫着混合的味道，各种加工厂正在把山寨的资源变成花花碌碌的钞票。

山泉已经不见了踪影，山寨的那口老井还破烂不堪地废弃在那里。

大眼睛把瓶子系上绳子，从老井里提起一瓶水，他把瓶子递给女孩说，尝尝，尝尝，什么叫刻骨铭心。

女孩啄了一口，又啄了一口，茫然地看着大眼睛。

大眼睛夺过瓶子，仰头咕咚咕咚几大口，泪水顺着脸颊流淌，流进嘴角的泪水也比这瓶子里的水强一百倍啊。

女孩问大眼睛，你怎么了？

大眼睛看着老井，这是怎么了？！

风沙掩埋的情仇

几个牧民在荒丘放羊，忽然发现有两具木乃伊静卧在半坡上。各路专家闻讯纷纷赶往现场。

两具木乃伊保存完好，面部轮廓鲜明，是一男一女。男的胡须清晰可见，女的面容姣好，皮肤纸一样薄，黑发向脑后束在一起。令人惊奇的是，那具女木乃伊伏在男尸的上面，张着的嘴吻着男尸的脖子。专家认为两具木乃伊在地下埋藏有两千年以上，之所以保存完好是因为当地沙漠干燥的盐碱地造成的，很具有研究价值。

当地人不在乎有没有研究价值，只知道这是一个卖点，是开发旅游产品的一个好噱头。两具木乃伊被移进了博物馆，并用玻璃罩封起来，博物馆的票价也随之提高。

来参观的人不少，但是大家都觉得意犹未尽。两具木乃伊是什么关系，为什么会依偎在一起，他们有什么故事？

博物馆出高价征集有关两具木乃伊的故事资料，最后一名历史小说家演绎了这样一段爱情传说。

故事发生在西汉末年。伊和木是青梅竹马的好朋友，伊端庄可爱，美貌绝伦，木英俊潇洒，才华横溢。两家也是世交，伊的父亲和木的父亲同朝为官，从小就给伊和木订下了亲事，长安城里的人都夸赞两人是天造的一对地就的一双。

岂料，木的父亲因上奏折举报地方大员贪腐行为，得罪了权势，遭

到小人诬陷，被罢免官职，贬为庶民，驱出长安城。伊的父亲怕受连累，要伊解除与木的婚约，断绝与木家的一切往来。伊不从，被父亲软禁在阁中。伊在丫鬟的帮助下，逃出了府邸，前往西域，寻找被贬配的木一家人。伊父亲派亲兵寻找女儿，为了了断女儿的念想，命令亲兵对木一家格杀勿论。

伊和木终于相见，两人抱头痛哭。伊发誓要和木不离不弃，生死在一起。为了躲避亲兵的追杀，两个人逃进了黄沙大漠。逃亡了三天，吃光了干粮，喝光了水。两人筋疲力尽，倒在沙漠中睡着了。木被窸窣惊醒，看到一条毒蛇爬向熟睡中的伊，木用尽气力护住伊，双手攥住毒蛇，毒蛇在木的脖子上咬了一口。醒来的伊，看到木手中攥着死去的毒蛇和他脖子上的伤痕，明白了一切。她呼唤着木，用嘴在木的伤口上用力地吸吮着毒液。远处风沙卷起，淹没了这里的一切。

讲解员声情并茂的讲解，让参观的人哀叹唏嘘。

博物馆的夜晚很静，不同朝代的器物都有着灵性，在默默追忆久远岁月的往事。被讲解员演绎成爱情故事的木乃伊，也在还原着自己的记忆。

王莽篡位，伊的父亲被杀害，木的父亲也被免去官职，发配边关。伊和娘寄住在木的家里。生活虽然贫苦，伊木两个人真心相爱。木发奋读书，立志有朝一日重振家业。

王莽的一员将军，巡查中看到了在草地上采集花朵的伊，垂涎伊的美貌夜不能眠。他以招天下贤士为由，把木纳入麾下，格外器重。整日酒筵不绝，美女簇拥，木开始堕落。

一日，将军设宴款待木，木喝得大醉，骂当朝皇上昏庸，贬父为民，发誓报仇，重振家业。木酒醒后得知自己的言行，大惊失色，前往将军府上请罪。将军以此为由，要挟木把伊骗到府上，供其享乐。木不敢不从，便把伊骗到了将军府，看着伊被将军强行欺辱。木怕事情败露，杀害了伊的母亲。

伊被囚禁在将军府，遭受了将军的百般欺凌。在一个丫鬟的协助下，伊逃出了将军府。将军派木带领士兵追杀，伊被逼上断崖，纵身跃下。

伊被山中道士救起，伤愈后就拜道长为师习武强身，练得一身本领。王莽暴戾专横，民不聊生纷纷揭竿而起。伊告别道长，加入了农民起义军，伊骁勇善战，起义军连战连捷。

带兵来镇压起义军的正是当年欺凌伊的将军和他的副将木。长达数月的转战厮杀，伊率领的起义军大破敌阵，伊亲手把将军斩于马下。木带领着残余仓皇逃窜，伊一骑绝尘穷追不舍，三天三夜，打得不剩一兵一卒。又是三天三夜，累死了胯下骏马。沙漠里，只剩下木拼命地逃，伊拼命地追。两个人都已筋疲力尽，丢掉了盔甲，扔掉了兵器，木在爬，伊也在爬。

木哭了，羞愧难挨，伊，我对不住你。

伊哭了，咬牙切齿，木，我要杀了你这个败类。

木爬不动了，瘫在沙漠上，仰面朝天，我罪有应得。

伊爬到木的身边，张嘴咬住了木的脖子。

远处风沙圈起，淹没了这里的一切。

讲解员还在演绎着爱情故事，因为人们崇尚爱情，追求美好，宁愿相信一个虚假美丽的传说，也不愿相信一个真实的仇恨结局。

风沙又起。

完美交代

妻子温柔贤惠，漂亮秀美。相夫教子，还通晓诗琴书画。朋友都嫉妒，说老天不公啊，好事怎么都落到你一个人头上了。

妻子在家里也是独生女，从不娇惯。她小的时候就跟着妈妈学做家务，学习优秀，还弹得一手好钢琴。艺术学院毕业后，本可以留校或进机关的，但是为了我，跟我回到了县城。

妻子勤劳，我几乎是饭来张口，衣来伸手。偶尔，动手擦擦地擦擦窗户，也是觉得自己要活动活动舒舒筋骨。妻子从无怨言，她说见到我在案前写东西，她心里就爽快。

妻子怀孕，生下女儿，也没有让我忙乎什么。孩子上幼儿园，上小学，上中学，接送孩子开家长会都是她一人大包大揽。我要去开家长会，妻子说算了吧，你一个文人，平时与凡人不搭腔，老师要是说点什么你脸上也挂不住。别的家长和你交流点啥你也不知道该怎么办，还是好好写你的文章吧。

我们家里经常的景象是，我问，老婆明天早上我穿哪件衣服？女儿在喊，妈妈，我的第二套校服放哪了，急着用哪。妻子不慌不忙，笑着给大人孩子要的东西摆放在面前。

说来惭愧，我不过是业余时间喜欢写字，在市报上发几篇小文章。妻子就把我奉为圣明，列入文人圈里。我的文章只要见报，妻子都会精心地把报纸整理好收藏起来，积攒多了就给装订成册。朋友亲戚来家里，妻子会在很适当的时机拿出简报，替我炫耀一番。

温顺的妻子，有一天发脾气了。她要去给学校的女儿送双鞋子，让我把鞋子送到大门口。我也不知道孩子的鞋子放在哪。妻子说，鞋子能放在哪？不是都在鞋柜里吗？你就不能动手找找？

可是，以前都是你来处理的，我从来没有收拾过。

这是我一个人的家吗？女儿是我一个人的女儿？我就不会老嘛，我也是人到中年了，我也要有我自己想做的事情。我少年时期就梦想着成为一名画家，成为张玉良那样的女子。我找了一个老师，跟着他学画，这个家，你来管。

妻子真的就撒手不管了。第二天早上，几乎没有吃成饭，我跑到门口的小店买了豆浆、油条。

妻子说，总不能一年四季都去买油条，喝豆浆吧。今天我教你做面汤，蒸米饭，明天包饺子，还有女儿最喜欢吃的东坡肉。

我也不是个笨人，其实从小也是跟着母亲做家务的，不过是结婚成家后，妻子把我给惯坏了。做饭，我上手很快，并且把深藏不露的几个拿手菜也显摆出来，女儿直夸老爸的手艺比老妈的强。

以前，有点时间，妻子就会安静地看书。现在不一样，她总是拉着我逛街转商场。在超市里，她推着购物车，指点着要啥要啥，我就动手往车子里装。尤其是在购买女人用的一些东西，她也让我一个大男人去挑。还告诉我女儿用的是什么牌子的护垫，要加厚的还是加长的，女儿穿多大号的文胸内衣。我说这可都是你当妈要负责的事情。妻子说，女儿也不是我一个人的。我要出差去外地写生，十天半月也可能一两个月，女儿谁照顾？

中央电视台有个节目叫"购物街"，一家老小回答问题，在超市里寻找指定的商品。妻子也把它照搬到家里，她坐在沙发上，提出问题，让我和女儿回答。

女儿穿多大腰围的裤子，裤长是多少？

爸爸的腰围多长？穿多大号的衬衫？

我家经常换洗的内衣、内裤在第几个柜子的第几个抽屉里？

几月几日交水电费？煤气费？物业费？

妻子把我和女儿支应得晕头转向，还美其曰西点军校训练。

女儿放暑假，妻子说要和一帮画家外出写生，女儿和家就交给我了，也算是一次结业考试。如果不及格，将会好好收拾我。

妻子外出了一个月，每天都要来电话，听我一天的汇报，然后给予点评并提出改进建议。

妻子回到家时，验收了我和女儿的作业，满意地笑了，说合格。

十一是我和妻子的结婚纪念日，我两人又到了经常约会的地点，山涧石桥。妻子拉着我的手，深情地望着我，说，亲爱的，我要告诉你，我得了病，很难治愈的病。女儿暑假期间，我就是去北京又确诊复查，医生建议我尽快动手术。假期结束，我就去手术，放心吧，我很坚强。如果手术后，我活着，还和以前一样，家里的一切都不用你操心，如果我回不来了，你已经可以照顾自己和女儿了，我会安心地在天堂看着你们幸福地生活。

我抱紧妻子，说，我的作业才刚刚及格，我要做得更优秀，离不开你的指导，你要回来，你会回来，我们全家人一起幸福地生活。

妻子没有哭，我也没有哭，生活不需要眼泪。

牡丹花开别样红

二〇〇五年四月，正是洛阳牡丹花盛开的季节，我赶往郑州参加首届"金麻雀小小说节"。在会上，我不但从仰慕已久的著名作家王蒙手中接过"小小说金麻雀奖"证书，还因为我是洛阳籍的作者，组委会安排我陪同王蒙先生去洛阳赏牡丹花。

轿车在高速公路上奔驰，我既兴奋又紧张，王蒙毕竟是原国家文化部的老部长啊。在金麻雀小小说节开幕式上，王老对小小说的发展给予了很高的评价，他说，在当今人们对文学产生阅读疲劳，文学的发展处于相对尴尬的情况下，小小说这种文体把文学和市场有机的结合在一起了。这是个很值得关注的现象。王老随和风趣的谈吐，很快就打消了我的紧张和顾虑。谈到牡丹，王老说，前几年，朋友送过他一盆牡丹花，那盆花有几个花骨朵是已经绽开蕾的。我又是浇水又是施肥，可那花始终没有开放，还有枯萎的迹象。我怕糟蹋了牡丹，把他送给了楼下的朋友，他家有个花园。我不知是温度的原因还是土壤的原因，那花一直没开。王老的话语中流露出惋惜和遗憾。我告诉王老，今天是洛阳牡丹开的最艳的一天，牡丹花象征着富贵和吉祥。王老朗朗地笑了，那我们今天去的人都是大富大贵、大吉大利之人啊！

我和郑州的小小说作家秦德龙、范江媛，还有《北方文学》的齐总编，《芒种》的编辑王霆陪同王老走进洛阳"国家牡丹园"。看到满园牡丹盛开，姹紫嫣红，王老非常高兴。他说自己以前来过两次洛阳，但是都没有赶上花开的季节，今天如愿了。王老兴致勃勃地询问牡丹的培植方法，当听说洛阳牡丹培育的花色品种已经有上百种了，王老连声称赞，还结合自己的讲学对秘书说，我们讲学授课也要培育新品种，开发新产品，不能总是老一套啊！走在观花的小径上，王老一边观赏牡丹，一边和《北方文学》的总编辑齐光瑞谈论文学期刊与市场定位，王老说，文学期刊在市场上定位要准，要有自己鲜明的个性，没有个性、没有特点的东西都不会有长久的生命力。我们的文学事业总会兴旺起来，像这满园的牡丹一样。我说，那应该有一朵是小小说吧。王老用手指着一朵魏紫说，它就是啊，它就是。

王老在牡丹精品园区流连忘返，他说，人们喜爱牡丹，除了喜爱它的

雍容华贵，更赞赏牡丹的品格和气节。它高傲不凡，不媚权贵。不开的时候就是敢于拒绝，领导来了，不开；媒体来了不开；连皇帝老子都不怕。到我该开的时候，豪情绽放谁都挡不住。从牡丹谈到武则天，从武则天谈到当前电视荧屏上"宫廷戏"泛滥。王老说，有一天我打开电视，有八个频道在播放宫廷戏，七个频道在放武侠片。这不应该是我们影视文化发展的主流啊！在全国政协会议上，我们就提交了一份提案，要扫"皇"啊。

在牡丹林中，我们几个小小说作家，争着和王老合影留念。我对王老说，绿牡丹还没有绽开，最遗憾的是我们没有看到黑牡丹。王老笑着说，看到了，有黑牡丹啊。大家问，在哪？王老指着旁边穿着黑色连衣裙的范江媛：这就是一朵黑牡丹嘛。大家畅怀地笑了。两个小时的游览王老意犹未尽，望着争先吐艳的牡丹，嗅着牡丹花的芳香，王老情不自禁地哼唱起《牡丹之歌》：啊，牡丹，百花丛中最鲜艳，啊，牡丹，众香国里最壮观。有人说你娇媚，娇媚的生命哪有这样丰满；有人说你富贵，哪知道你曾历尽贫寒。

从洛阳赶回郑州，百花园杂志社总编辑杨晓敏请王老品尝郑州的特色小吃——烩面。年逾七十的老人依然精神饱满，才思敏捷，机警睿智幽默的话语给大家带来愉悦。王老曾说过，幽默了才能放松，放松了才可以从容，从容了才好选择。快乐是一种优雅的心态，快乐是一种无法取代的感觉。王老是个快活幽默健谈的老人，他从当前的文学现象，讲到他下放去新疆，鲜活的人物，浓郁的异乡风情娓娓道来，不时引起大家开怀大笑。王老说他知道一些小小说作家，也读过部分小小说作品，称赞杨晓敏是个做事业的人。郑州烩面都是用八寸口的海碗盛，看到几个年轻人吃光了碗里的烩面，王老说，从吃面上就看出谁有活力了。离席时，王老回头看看自己的碗说，嗨，其实我也吃了不少啊！大家笑着说：老部长仍然充满了活力啊。告别王老，正是华灯初照，皓月当空。

第三辑
远逝的牛犄角
QINGSEYOUSHANG

父亲的脚步

冬天的尾巴还抖着最后一点料峭寒冷，县城却停止了供暖。我从市里赶回家中，母亲说，"家里洗澡冷了，陪你爸到街上的浴池去洗洗澡吧。"父亲嘟嘟囔囔地不太情愿。母亲说，家里没暖气了，洗病了怎么办？花钱受罪还不是你自己？父亲不再吭声，收拾换洗的衣服，跟我出了门。母亲在身后交代："去大河洗澡堂，那便宜。"

我在前边走，父亲跟在后边。我能听到父亲脚后跟踢拉着地的声音。父亲是七十多岁的人了，前几年还因脑出血在医院里昏迷了二十多天。病愈没有留下大的后遗症，反应却迟钝了很多，说话不太流利。父亲的性格变得有些闭塞，不愿出门，也不愿意和外人交流。

我在前边走，父亲跟在后边。像当年我跟着父亲去洗澡的情景。

我小的时候最讨厌洗澡。澡堂里人多拥挤、气味熏人。我最怕父亲给我搓澡，父亲手劲大，好像他眼里只有我身上的灰尘，根本想不到我还是个孩子。总是痛得我龇牙咧嘴，常常是洗完澡后，我的身上却要留下被搓伤的一道一道的痕迹。为了避免跟父亲去洗澡，每到星期天，我就把脖子和两只手洗得干干净净展示给母亲看，我不脏，不用去洗澡的。父亲根本不吃我那一套，只是一句："走，去洗澡。"我就得乖乖地跟着他走。父亲走路很快，他在前面大步地走着，我远远地跟在他后边，嘟囔着快点长大吧，长大我就可以自己去洗澡了。

　　"大河洗澡堂"门口竖了个牌子：内部装修暂停营业。

　　父亲似乎得到了解脱，说："回家自己烧点水，冲冲就行了。"我没答话，直接又往"鼓浪屿桑拿中心"走。父亲无奈地跟在我身后，嘴里嘀咕着什么，鞋拖着地的声音很重。

　　"鼓浪屿桑拿中心"装修得很豪华，内部设置也很欧化。父亲第一次走进这样的地方，他不知道一个泡池子的地方还要搞得这么讲究。父亲看到了厅里的价格表，脸色沉沉的。我拿了号牌套在父亲的手腕上，换了拖鞋领他进去。父亲走进浴池间，我在更衣室等他。闲得无聊，我掏出手机看狐朋狗友发来的各种各样的黄酸段子。我忽然想起父亲第一次来，还没见过里面的阵势呢。连忙收了手机，到了里间门口，父亲果然还站在屋子当中，茫然地看着四周，不知所措。父亲个子矮小、瘦弱，身子佝偻着。在我的记忆中，父亲是很高大、很健壮的。我朝父亲大声说："爸，哪个池子都可以下的，随便，冒泡的是冲浪按摩，烫不着。"父亲慢慢腾腾地挪进大池子里。

　　我因为洗澡挨过父亲的打。我小的时候，部队就一个澡堂，每周开两天，星期六是女人洗，星期天是男人洗。那时候，除了礼堂看样板戏的人多，就数澡堂子的人多了。澡堂一个大池子，一个小池子，大池子是供人洗澡的，小池的热水是供人兑上凉水冲洗用的。在澡堂子里洗澡最难的就是占脸盆。为了等脸盆，得等在别人后面排队。那次，我等在一个大个子男人身后排队，身上已经打上了肥皂，好不容易等到那个大个子洗完，我刚想去接盆子，大个子却把盆子递给了他的一个熟人。又急又气又委屈，我就哭了。父亲扇了我一巴掌，骂我没出息。我哭着说："我讨厌洗澡，我最讨厌洗澡。"回家的路上，我还是不住地在抽泣。父亲说"你是生在福中不知福啊。当年我们在行军打仗的时候，十天半月却见不到一盆热水，那时候最大的心愿就是解放了，每天都有一盆热水洗洗脸、泡泡脚。"

父亲冲洗完，走进更衣间，脸上多了些红润，说搓澡师傅的技术不错，搓的就是舒服。搓个背十块钱，太贵了。父亲是在埋怨我没有同他一起洗，帮他搓两下就省去了十元钱。父亲嘟囔着价钱太贵，浪费。

更衣间里的一个中年胖子正在喝茶，听到父亲的嘟囔忙往里挪挪，对我父亲说："老先生，花钱多点，可洗着舒服啊。"

父亲看看胖子，没有说话。

胖子又说："老先生，我看您的气质，像是当过兵、打过仗的人。"

父亲眼睛一亮："你看出来了，扛了二十多年的枪，解放这个县城是我们部队打的。"父亲有意扭过身子，肩胛上的伤疤很显眼。

我说："我爸爸负过伤，立过功，二等的。"

父亲仰起头，等着我往下说。

我接着说："两次二等功。"

父亲这才慢慢地坐下。

胖子说："了不起，了不起。我最佩服您这样的老同志。"

父亲说："说这些都过时了，没人愿意听了。"

胖子正经地说："老先生，不过时，我最佩服你们这样的老同志。我开了个公司，我不缺钱，可我就是没好办法教育我儿子。我现在每星期都逼他看过去打仗的那些老片子，要他知道老红军、老八路、老解放的流血牺牲，真怕他们只会享受忘了本啊！这一着啊还真管用，孩子懂事多了。"

父亲显得挺激动，穿好衣服出门时，还专门到胖子跟前跟胖子握握手。

街上，天已擦黑，华灯缤纷。

我在前边走，父亲跟在后边，我没有听到父亲鞋拖拉地的声音。扭过头，看到父亲步子迈得很有力，两只胳膊有节奏地甩着，嘴里还哼着歌：向前，向前，向前，我们的队伍向太阳，脚踏着祖国的大地……

远逝的牛犄角

　　一九七零年的夏天我十岁，那一年队里的水牛死了。早就说那头水牛有病，已经瘦得皮包骨头了，可是还得去地里干活。在坡上干完活回来的路上，那头老水牛就栽倒在坡下了。饲养员陆大爷，独自流泪，坐在磨盘上吧嗒吧嗒地抽着水烟。

　　水牛死了，孩子们高兴，可以喝到牛肉汤了。那时的年月生活还艰苦，一年到头也吃不到几次肉。家家户户都在准备着碗筷子，孩子们更是把家里最大的碗都占着。

　　剥割水牛的活在场院里干，围观的人比看电影还热闹。操刀的屠夫是王二蛋他爸爸，他爸爸天天骑着个破烂自行车，车把子上系着一个红布条，走街串巷给人家阉猪。二蛋的爸爸很神气，对旁边帮忙的人吆来喝去还捎带着骂，对小媳妇、老婆子们开着荤骚的玩笑，女人们回敬的话语更恶毒，场院里过年一般热闹。

　　病死的牛，内脏不能吃，挖个坑埋掉。炉灶刚垒好，大铁锅里的水哗哗地翻滚着。牛肉被切成几大块，放入锅里，压上木锅盖，等着肉熟喝汤。

　　剔下来的牛骨头和牛皮，要卖到供销社的废品收购站。我就跟着卖废品的青年一起去了废品站，青年嫌我走得慢，耽误了喝牛肉汤，就把我放在车上拉着，颠簸的土路把我的屁股都磨破了。

　　那是一场声势浩大的喝汤运动啊。队长敲响了一截铁轨钟，喝汤了，喝汤了。男女老少几百口子人，端着碗排着队。会计给每个人的碗里放葱花，妇女队长给碗里放几片牛肉，队长挽着袖子，操着一只铁皮大勺子，把一个个递过来的碗盛得满满当当，吃，使劲吃，管够啊！那一夜，家家户户都打着饱嗝，泛着牛肉味。

七八天过去，少油寡水的肚子就又想牛肉汤了。我脑子忽然灵机一现，那天去废品站卖牛骨头，好像就看到一只水牛的犄角。另一只牛犄角哪里去了？这个问题让我兴奋了。

第二天的课我都没心思听，满脑子都是牛犄角的想法，这牛的犄角会不会在摔下山坡时就掉了，没有被人发现。放学的钟声一响，我就兔子般地窜出去，撒开腿就往队里那块山坡地上跑。

我沿着水牛走过的路线，仔细跟踪到了它摔下的坡边。坡很陡，有三四十米深。我先绕道坡下，在沟底的乱草丛里寻找了好几遍，没有牛犄角的踪影。我顾不上手脚被划破，从坡底往坡上艰难地攀爬，在两块石缝之间，我终于看到了那只牛犄角。一定是水牛在滚落的时候，一只犄角正好卡到了石头缝中间，牛犄角给掰断了。我拔出牛犄角，像是挖到了人参，像是捡到了大元宝，冲着夕阳嗷嗷地大喊。

我不敢把牛犄角带回家，怕被别人看到，说我拿公家的东西。我把牛犄角藏在一处草丛里。明天是星期天，我可以去废品收购站把牛犄角卖了。

第二天吃过晌午饭，我把布袋塞在书包里，对母亲说去同学家做作业了。绕过村子，我就往山坡上跑。在草丛中找出那只牛犄角，装在袋子里，我把袋子抱在怀里往供销社走。八九里地的崎岖路，我走得一点儿也不觉得累，看到废品收购站就像是见到了亲人一样。

我走进供销社，对着一个梳着长辫子的阿姨说，我要卖废品。

阿姨问，你卖什么废品啊？

我打开袋子，说，水牛犄角。

阿姨指着里面说，到那个院子里去过秤。

我走到堆放废品的院子里，磅秤的是一个大胡子叔叔。他把牛犄角往秤上一扔，给我一张小票，说去柜台找阿姨拿钱。我小心地接过那张白票，清楚地看到上面写着0.1元，一毛钱啊，对我来说已经是很大一笔钱了。

我拿着小票又回到长辫子阿姨跟前，阿姨接过票看了一眼，然后从抽屉里拿出一元钱放在了柜台上。

我吃了一惊，给了我一元钱？是不是给我的？是不是没有一毛钱要让我找开啊？是不是考验我？

我的手放在柜台上，离那红红的一元钱有个短短的距离。不知道该怎么办。

阿姨看看我说，小孩子，你的钱，拿着走。

我把钱攥在了手里，心怦怦地跳。我不敢转身就走，万一阿姨发现给错了找我怎么办？我慢慢转身，耳朵时刻准备着听阿姨唤我的声音。背后没有声音，可是我的背后如同有针在刺，麻酥酥热辣辣地。我不敢走出供销社的屋子，怕人家再追我，会把我关起来。我就假装在柜台前看东西，布匹、锅碗、盆罐、耙子、镰刀、饼干糖果、书本、鞭炮，我几乎把所有的东西都看过了。我还在磨蹭，又很认真地蹲下身子仔细看标签上的价钱。平日里看看就能流口水的饼干，我也对它毫无兴趣，我不时地用眼光扫描那个长辫子阿姨。

我不知道在供销社里待了多长时间，直到那个长辫子阿姨对我喊，小孩，都快下班了，还不回家吃饭，快走吧！

我如同得到了特赦令，转身就跑。

一块钱啊，天啊，一块钱。我把钱捏在手心里，一路跑啊，手心里攥着的钱都被汗水浸湿了。一毛钱，我敢花掉，一块钱，我不敢花。

远远看到家里的土屋了，我发疯似的喊着妈妈，妈妈——

我的声音肯定是与往常不一样，正端着盆子洗菜的妈妈以为出了什么事，丢下盆子就往屋外跑。

我上气不接下气地说，妈妈，钱，一块钱，卖牛犄角。

妈妈听完了我的叙述，拍拍我的肩膀说，孩子，你多拿了钱，那个阿姨就会短钱了，那个阿姨是要自己补齐公家的。

妈妈擦擦手，解下围裙，说，你先吃饭吧。妈妈把钱给人家送回去。

我不知道妈妈什么时候回来的，我太疲惫，睡着了。

秋祭

我和红酒是朋友，红酒写小小说。红酒笔下的故事，都是以相思镇为背景的。"小贱妃"是红酒一篇小小说里的人物。当年，相思古镇有个唱青衣的女演员，饰演皇姑爱由着自己的性子来，她忘了自己是身穿日月龙凤衫的金枝玉叶，只要一出场，手端玉带侧身站定，就冲观众频频地丢媚眼儿，师姐给她起了个绰号"小贱妃"。"小贱妃"的戏格外出彩，观众喜爱，也惹得县里的一个头头儿春心荡漾。想对"小贱妃"非礼，岂料"小贱妃"戏里戏外两样人，义正词严地拒绝，全没了往日的妖媚惑人。

我赞叹红酒笔下的人物形象，也很想见识一下"小贱妃"的原型。

红酒认为我的想法可笑，那小贱妃是把舅舅讲的故事加工后虚拟出的人物，怎么能让你去现实中对号入座。

难道不可以吗？我还去拜访过你小说里的人物二功子呢。

红酒不再作声。

前年冬天，海外一个朋友看了红酒的小说《二功子》，专程从美国赶来要见见这个说书人。那天忽地飘起鹅毛大雪，去乡下的路很难走，车轱辘打滑，我们惊出一身冷汗。二功子听说是外国客人来访，高兴坏了，叫了几个朋友，就在土坯屋里拉开了场子，连说带唱了两个多小时，恨不得把自己的绝活都使出来，引得海外的朋友直翘大拇指。回到城里，我们全感冒了。红酒说只当是为申报非物质文化遗产做了点贡献，这个贡献的代价是她咳嗽了俩月，挂了十多天吊瓶。

周末，我和朋友相约去相思古镇寻访一座明末清初的古戏楼。时至晚秋，天已渐凉，道旁的白杨树在秋风中抖擞着，枯黄的落叶在瑟风中飘零。垂暮泛黄的野草却显得精神饱满，摇曳着坚韧婀娜的身姿，不卑不亢地凄凉着。

古戏楼孤零零地出现在村口，看上去比我想象的还要沧桑。戏楼是两层土木结构硬山式建筑，下面的一层据说是演员起居和放置道具的场所，二层就是演出用的戏台了。台子上的楼板已经破裂，围栏也腐朽不堪，两根柱子上有楹联一副，字迹依旧遒劲飘逸：是虚是实当须着眼好排场，非幻非真只要留心大结局。

村里人见有陌生的面孔来访，便三三两两地聚过来，好像也是第一次看到古戏楼子，与我们一起转悠看。

这里唱过大戏吗？我觉得这不过是民间艺人的杂耍地方。

唱过！全本的《穆桂英挂帅》、《西厢记》、《铡美案》都唱过，你们不知道，听老人说起先这戏楼子对面是东大庙和昭帝寺，再往前两里地就是清代商铺一条街，繁华得很。每逢大集这儿都唱大戏，一唱就是七八天，热闹着哩。

噢，那你们听没听说过，当年剧团里有个绰号叫小贱妃的在这里唱过戏？

村人摇摇头，这是明清的戏楼，几十年前被当作学校，后来成了危房，学校早搬走了。

我走到二层的戏台前，凭栏眺望，想象着当年的繁茂风华，禁不住唱了几句现代京剧。

我的朋友经不住我的怂恿，也来到台前，唱了一段《梅妃》：

下亭来只觉得清香阵阵，整衣襟我这厢按节徐行。

初则是戏秋千花间弄影，继而似捉迷藏月下寻声……

朋友喜欢戏曲，大学里曾修过此类课程，程派的韵味还是有的。我叫了声好。

村民都是在豫剧曲剧窝子里泡大的，对京剧没有多少概念。唯独一个背着柴草的老婆婆似乎听得很专注，还轻轻地点着头合着节拍。

婆婆，一看就知道您懂戏啊。我这位朋友唱得怎么样？

婆婆说，程派，唱得还中，就是神态不像。

哈，真遇到行家了。婆婆，您给指点指点。

婆婆环顾四周，犹豫着。

老人家，我们从城里来，专门来访古戏楼。看这戏楼子多年没有鼓乐声了，它寂寞着哪。我看您老懂戏，也来一段吧，也不枉这戏楼子在咱村口矗立了几百年。

婆婆让我说动了心，放下柴草，掸掸褂子上的浮尘，伸手捋了捋头发，蹒跚着走上戏楼。就在她往台中央一站的那个瞬间，我们都惊呆了，只见她全无了不安和拘谨，一个亮相，开口唱的是《西厢记》里的红娘：

怨只怨你一念差，乱猜诗谜学偷花。

果然是色胆比天大，黉夜深入闺阁家。

若打官司当贼拿，板子打、夹棍夹、游街示众还带枷。

姑念无知初犯法，看奴的薄面就饶恕了他。

一曲唱罢，竟然往台下丢了个飞眼。我们大声叫好。

村民说，还不知道怡萍她娘会唱戏哩。她闺女怡萍在剧团唱戏，多少年也没唱出个啥样法。听说傍了个大款，立马就出名了。在城里买了房子买了车，要接她娘进城享福，她娘死活不去还把闺女给骂走了。

婆婆走下台，朝我笑笑，又佝偻着身子，背起柴草郁郁而去。

品咖啡时，我把经过告诉了红酒，我说她肯定就是当年的小贱妃，假如她当初能灵活些，别得罪了权贵，现在也不至于落到这种地步，没准还在舞台上风光哪。

人，总要活个气节吧。红酒不再搭话，凝神望着窗外，轻轻地唱了两句。什么词没听清，只是觉得那曲调除了低回婉转外还有些许惆怅忧伤……

漂亮小姨

一九七零年春天，我们部队大院的孩子们，都知道了一个消息，二胖的小姨来了，是一个漂亮的小姨。二胖和我家是门对门的邻居，两家共用一个厨房，小姨和我在一起，嫉妒死那些比我大、比我小的男孩子了。

小姨叫程国英，从吉林四平来的。小姨十六七岁，比我大四五岁吧，其实是个大姐姐。她是二胖的小姨，我们也都跟着叫小姨了，二胖还咿咿呀呀地不会说话哪，小姨就是来帮着姐姐照看二胖的。

小姨漂亮，中等个头，大眼睛双眼皮，长睫毛，白里透红的脸颊上有浅浅的雀斑。小姨梳着短辫，额前的刘海弯弯曲曲像海浪，我们都觉得小姨比电影的那些女演员还好看。小姨总是面带微笑，见谁都是高兴的模样，浅浅的酒窝让笑容更加迷人。母亲说，小姨的眼睛里是一汪清水，纯净得没有一点儿杂质。

小姨漂亮，大院里的孩子都喜欢和小姨玩。男孩子更不用说了，小姨要去取牛奶，小姨要去买豆腐，小姨要去买菜排队都让男孩给包了。有的家属就奇怪地唠叨，孩子在家里啥活都懒得做，给小姨跑腿比谁都机灵。

小姨漂亮好看，不光我们小孩这样说，好多大人也盯着小姨看。有个年轻的小参谋，总是爱到小姨家给小姨的姐夫汇报工作。每次去，都是皮鞋擦得贼亮，脸上还抹着雪花膏，路过你身边都能闻到女孩子身上才有的胭脂味道。看着他在和小姨的姐夫说话，那双不大单眼皮的眼睛总是悄悄地往小姨身上看。我把发现的情况告诉了小欧，小欧说，他会不会是想找小姨谈对象。他不要脸，想抢咱们的小姨，咱们要打击他。

那天，又发现小干事去小姨家，中午还留他吃饭。我和小欧在他回去的路上，挖了一个陷阱。我们先挖一个土坑，有一尺深，把坑里灌满水，用树枝条把坑口棚起来，铺上树叶，再薄薄地撒上一层土。我和小欧故意地走在没有铺陷阱的一边，看着小干事一脚踩入了水坑里，新皮鞋灌满了黄泥水，我和小欧欢叫着撒腿就跑。我把事情告诉了小姨，小姨咯咯地把腰都笑弯了。小姨用指头点着我的额头说，就是你调皮，会出歪点子。以后不许这样了，人家大人是说工作，办正事哩。

小姨心灵手巧，可能干哪。每天除了三顿饭，她还要用煤油炉子给二胖热奶、蒸鸡蛋。部队有午睡的习惯，小姨的姐姐、姐夫吃过饭就午睡休息。小姨一只手抱着二胖，一只手用抹布把锅台炉灶擦洗干净，然后坐在屋外的阴凉地里，怀里抱着二胖，手里拿着厚厚的一本书，看得非常

投入。

我问小姨，看的什么书？

小姨悄悄地说，《林海雪原》，受批判的书。

我说，受批判的书你还敢看，不怕人家说你反动。

小姨笑了，说，我边看边批判啊。不看怎么知道它哪里反动？

小姨说得有道理啊，我说，那我也看。

小姨说，闲的时候我看，我忙的时候你看。

《林海雪原》是我看的第一部长篇小说，尽管有些地方还不大懂，但是惊险刺激紧张曲折的故事情节。深深地吸引了我，也影响了我。

我问小姨，《林海雪原》受批判，那样板戏《智取威虎山》为啥受欢迎？不都是杨子荣、少剑波、坐山雕吗？

小姨摇摇头，我也说不清，一个是戏一个是书吧。

我说，小姨，我长大了也当作家。

小姨说，好啊，有志气。这本书，你没有白看。

小姨喜欢看书，可是能看的书真是不多，就去同学家借书给小姨看。记得也就是那段时间，我看了《苦菜花》《南方来信》《河北民兵斗争故事》《小无知和他的朋友历险记》，这些书是我文学写作的启蒙，小姨也是我文学写作的启蒙。

小姨对我们小孩子很好，我就见过小姨生过一次气，而且火气还特别大。

秋天，小姨的弟弟程国泰从四平来部队看望小姨。小姨的弟弟只比我大两岁，我叫他国泰哥哥，小姨笑了，说在外随便叫。部队大院外，有个香瓜地，我们出去玩的时候总路过那片瓜园，诱人的瓜香拖着我们的脚步。国泰哥哥来的时候，还有买车票余下的几元钱，看到我们的馋相，国泰哥哥说，走，买香瓜吃。一群孩子兴奋了，围着瓜棚又喊又叫。每人手里捧着两个香瓜，坐到小河边，在河水里把香瓜洗干净。一个香瓜分成两瓣，先把瓜瓢吸溜进嘴里，咂干瓜汁，吐出瓜子，再满满地咬上一大口瓜，口水和瓜汁一起顺着嘴角往下淌。忽然发现，我们买的香瓜有一半都是坏的。一定是卖瓜的人看着我们小孩好骗，把坏瓜也趁机塞给我们。国泰哥哥很生气，说，走，找他算账。国泰哥哥把我们分成两组，一组有国泰哥哥带着找卖瓜的人说理，一组有我和小欧在卖瓜人注意力分散的时候，从瓜地的另一端偷瓜。哈，计谋成功了，我们偷摘了十几个香瓜拿回家。我绘声绘色地给小姨讲战斗经过，小姨开始还笑着，后来脸就挂住了，最后小姨就狠狠地说国泰哥哥，他们小，不懂事，你也不懂事？你给他们做的什么榜样？你是要教孩子们学坏、学不诚实吗？

小姨说完我们，就去了瓜棚，赔给了人家瓜钱。晚上，我开始拉肚子，小姨刮着我的鼻子说，看看，做坏事就会遭到惩罚，她赶紧带着我去卫生队看病拿药。

小姨很勇敢，我记得小姨的手上长了个大疖子，去卫生队做了手术，她是吊着一只胳膊回来的。小姨笑着说，我成了王连举了，但是我没有叛变。小姨用一只手照样烧火炒菜做饭洗衣服，啥事都不耽误。

冬天，天气很冷。我和小欧在厨房里玩，实在太冷了，小欧说，我们用小姨的煤油炉子烤火好不好？我两人就悄悄地把煤油炉子点着了，嫌火苗太小，就转动捻子，还打开油盖看油多不多？结果把煤油弄洒了，瞬间大火就燃烧起来，我和小欧大叫着着火了，撒腿就往屋外跑，整个厨房已是黑烟滚滚。小姨从服务社买粮回来，扔下米袋就窜进了浓烟火光里，把在里屋炕上睡觉的二胖抱了出来，小姨把二胖往我怀里一放，说抱好。她敏捷地跑到电闸处，拉下闸刀，抓过铁锹和竹篮往篮子里装炉渣，对端着脸盆的小欧说，不能泼水。小姨提着炉渣一次次地冲进火里，用炉渣控制住了火势，大人们赶来扑灭了大火。

小姨的脸和鼻子尖都沾黑了，额前浪花一样的流海儿被火燎没了，长长的眼睫毛也燎焦了，我和小欧吓得哭了。小姨搂着我俩说，没事了，知

道吗，油着火了是不能用水泼的，要用泥土来压。

　　小姨要离开大院回四平老家了，大院的孩子都去送行，把部队的班车都给挤满了。我哭了，小欧哭了，小姨哭了，孩子们都哭了。没过多久，我也随同父亲转业，从大连回到了中原洛阳。四十多年过去了，再也没有小姨的消息，想来小姨也是子孙满堂的年纪了。

　　小姨，你还好吧，我想你。

孩提时代

QINGSEYOUSHANG

孩提时代

【打败冠军】

我十二岁那年，开始学习打乒乓球。那时学校除了一个篮球场，就是一张乒乓球桌了。篮球几乎都是高年级的同学霸占着，而且篮球很贵，没有谁能买得起。可是打乒乓球就相对容易些。那时的一副海绵乒乓球拍才六角钱，一个乒乓球三分钱。学校的乒乓球桌就一台，除了体育课，课余时间几乎都是集训队的同学用着。看他们挥拍打球的姿态，很是让人羡慕。自己也买了球拍和一打乒乓球，放学了，就跑到部队大院有球桌的屋子，瞅着没有人就练上一会儿。被叔叔赶走了，再去另一处。就这样晃悠着学了半年的光景，我就在学校里显摆了一番，把学校集训的同学打败了好几个。体育老师就把我也招进了集训队。学校要参加县里的小学生乒乓球赛，就临时选拔队员。我是作为替补队员参加了运动会。虽然是替补心里也很高兴。每天放学在家里也是挥拍颠球练习动作要领。

县里小学生乒乓球赛场设在县中学的会堂里，一排溜放着五张球台，我还是第一次见到这种场面阵势，觉得又紧张、又好奇。抽签结果，与我对阵的竟然是县里小学生比赛的冠军。我一听就懵了。带队老师给我鼓劲说，别在乎，他当冠军是上一次，那时还没有咱们学校参加，这一次还说不定谁是冠军。你学习成绩好，还是班长。我看那冠军连班委都不像。

你肯定能赢。输了也没有事，你只是个替补队员，输了正常。听了老师的话，我倒是真的不紧张了，就是嘛，我还没有参加过一场正式的比赛，谁知道我打得啥样？为了给自己鼓劲，我开始做花里胡哨的准备动作，那些准备操都是跟着飞行员叔叔学的。这一招是真的挺管用，马上引起了所有人的注意，那时候除了做广播体操，谁见过这么多花样的准备活动，那个小冠军盯着我看了好一会儿。我握着球拍做着抽球的动作，故意问李老师，打拉弧圈还是近台快攻？我看到小冠军的队友在对我指指点点的，小冠军闭着嘴不吭声，看来他心里也很紧张啊！

开赛前，我就下决心，只要他发过来第一个球，管它是上旋还是下旋，我就起板扣杀，打他个下马威。小冠军发球了，我抬手就是一板扣杀，瞎猫碰到了死耗子，扣中了。好球。人们纷纷涌到我的球台周围。我得意地左右晃着头，还原地转了两圈。小冠军一定是心慌了，想发个近台球却没有过网。我还是做了个扣球的动作，好像这球要是发过来，我也一样扣死无疑。我在比分领先的情况下，还主动申报了一个裁判没有察觉的擦边球，不但体现了友谊第一的高尚风格，还说明我对一两个球的得失根本不在乎。那场球，我是势如破竹，二比零把小冠军斩落拍下。小冠军哭了，我下了场都还不知道怎么回事。老师拍着我的头说，没想到，真没想到，你小子打得不错啊。老师还买了半斤饼干奖励我。可是，以后的比赛我全输了，唯独战胜了实力最强的小冠军。现今想来，我当时也是赢在了心理上啊！

【背包袱】

早晨出操，看到体育老师带着一些同学在练习跳高、跳远、接力、掷铅球，心里很是羡慕。我问同院的小勇，他们干什么，小勇说，他们是学校田径代表队的同学，要参加县里的运动会。课间，我总是跑到操场看他们练习。我在沙坑边看跳高的同学训练，几个人只能跳过一米一五，用的还是跨越式。我觉得自己在东北，在部队的沙坑里玩时也比他们跳得高。按捺不住要显摆的冲动，趁着他们休息的间隙，我跑到横杆前一跃而过，而且用的是俯卧式。上课还没有十分钟，就看到体育老师和校长来到我们班，跟班主任说着什么。我想，肯定是要挨批评了，捣乱人家训练了啊。班主任走到我面前，说，你跟老师出来一下。老师一直把我带到了操场上。体育老师指着横杆说，刚才是你跳过去的吧？我点点头。老师说，你再跳一次。我就轻轻地跳过了。老师把横杆升到一米二，说，那再跳。我还是一跃而过，一米二五，照样一次过杆。体育老师乐了，好，你愿不愿意参加集训队，参加县里的运动会。

　　我第一次参加县里的运动会，啥也不懂，啥也不问。反正老师带着，该我跳时我就跳，完了就去看别的比赛。十几个参加跳高的选手中，就我一个是俯卧式过杆，不得意都不行，每过一个高度就赢来喝彩声。一米三八，我得了第一名。参加跳远的同学脚受伤了，老师问我，你能不能参加跳远？我说能。结果跳远三米八五，我得了第二名。老师高兴透了，我记得很清楚，老师当天奖励我的一份菜票，晚上多吃了一份肉菜。校长在全校的师生大会上给我颁发奖状，我是一跳成名，成了学校的名人。

　　没有过几天，县里成立集训队，参加地区的中小学生运动会，我也被选中了。集训课上，教练老师说，我们肩负着全县三十二万人民的期望，要刻苦训练，为父母争光，为学校争光，为全县人们争光。我的天啊！我还以为蹦蹦跳跳就是好玩，好显摆，原来还有这么重大的政治意义和深远的历史意义啊！离赛期越近，我的乱七八糟的想法也越多，总是担心自己如果拿不到名次，辜负了老师、家长和全县人们的期望。吃饭不是滋味，睡觉也不安稳。运动会开幕式上，看到各县代表队的个个精神抖擞，我的心就发虚。比赛进行了两天，我们县参加的比赛项目全部失利，没有得到

一个名次。教练急得够呛，对我说，明天的比赛就看你的了。咱县里能个不能被剃个光头就看你了。那晚，我竟然翻来覆去睡不着。

第二天比赛，来到跳高的场地，试跳时，有七八个运动员都是和我一样的俯卧式越杆，我的头一下就大了，脑子一片空白。觉得沙坑太硬了，横杆太粗了，场地太滑了，腿脚都不利索了。一米二五就险些失败，横杆晃晃悠悠地没有落下来。教练看出了我的异常，他给我鼓劲说，要想到全县的三十二万人民都在看着你那。一米三八，我觉得自己就是直接扑着杆子过去的，被淘汰掉我脑子还是稀里糊涂的。最后获得冠军的运动员成绩就是一米三八，我难过得号啕大哭。

现在想来，当时是包袱过重，心理失衡所致。可是在那个年月只讲政治，没有很好的心理素质训练，失败也是必然。

【争主角】

争主角的故事想起来又可气又可笑。

小学四年级时，我被选入学校红色宣传队，当时全国上下唱样板戏，我们宣传队也要排两场，《沙家浜》中的"转移"和《红灯记》中的"斗鸠山"。宣传队员们都争着要演郭建光、李玉和、阿庆嫂。挑选演郭建光的队员是考试的，每人唱一遍"要学那泰山顶上一青松"，看谁的嗓调高，结果是我独占鳌头，争到了殊荣。谁料风云突变，我在关键时刻患了感冒，嗓子嘶啦啦地疼。时间不等人，郭建光的角色只好易位给另一位队员了。待我"伤痊愈"时，只能在帽子后边钉块手帕扮演日本兵了。

《沙家浜》排完，排《红灯记》时，我自然是无可争议"李玉和"。为演好李玉和，我练唱练做，听广播看画书，还到部队的宣传队跟着大"李玉和"们学，宣传队的老师夸奖我进步快，像那么回事啦。彩排那天，校领导和各班级干部坐满了会议室。当我唱完"让我低头难上难"，做毕最后一个"亮相"，响起一阵掌声。校长讲话表扬了我们，鼓励我们演革命戏做革命人当好革命接班人把革命进行到底。最后由"贫宣队"代表讲话，吐着烟雾："我也讲不出啥，反正觉得那李玉和不咋得劲。"老师问："是唱的不得劲还是演得不得劲？""长得不得劲，他个子矮，我看那鸠山比李玉和还高呢。那李玉和是英雄人物，个子不大咋能斗过日本鬼子？"

这可是大是大非、上纲上线的事，老师也不好说啥，只得动员我"退位"。建议我更换鸠山，可演鸠山得剃光头，其他队员谁也不愿"剃头宣誓"。气得我大哭了一场。

进了宣传队，别人都有角色了，只有我还在打游击。班里的同学一问我在演啥，我的脸就窘得绯红。我下课放学就去找音乐李老师，要求演个主角。我还帮助李老师家里买煤，帮助排队买新鲜蔬菜。李老师被我缠得没法了，为了安慰我，她编了一个剧，内容是苏军侵犯我珍宝岛，被我打得落花流水。李老师说，这个剧中，勃列日涅夫是主角，你就演吧。我便争到了到宣传队后的第一个主角，演了勃列日涅夫。倒真是个主角，有段自白，随后就在脖子上套个绳索，被"全国人民"勒着，斗来斗去。但是，我还是很认真地去演，每次演出脖子都会被粗糙的绳索磨得通红。没过多久，由于我的出色表现，就被安排演英雄郭建光了，名副其实的主角。

【苦乐普通话】

我自幼长在东北，说着一口东北味的普通话。不算标准的普通话，在东北不显眼，可是换了个环境，情况就大不相同了。七十年代初，我父亲从部队转业，我随回到豫西一个小县城，到学校报到的第一天，班里的

同学都说从外地转来个"蛮子疙瘩"。当时学校把说普通话的人称为"蛮子"。把我说得普通话，形容为"疙里疙瘩"的。

全班就我一个人说普通话，有许多不便之处。回答老师提问，我答声"是"，全班却答"都——是"。齐声阅读课文时，我读到第三句了，大家还在第二句上徘徊。当地学生读课文是有地方特色的，不管什么内容的课文，节奏都是一样的：一——二，一——二，一、二、三！我怎么也适应不了。学校放秋假前，学校组织了一次朗诵比赛，我精心准备了一首长诗。当我抑扬顿挫地朗诵完，竟然没有一个人给我鼓掌，听到的是一片惊讶，——咦。比赛结果我是倒数第一。我那个郁闷啊。放假回乡下看奶奶，拉着奶奶的手说了一大堆祝愿的话，奶奶喜得抹着泪，转身问父亲："娃子都摆活些啥？"父亲再用家乡话给奶奶复述一遍。入乡随俗吧。我有意开始学着说家乡话，可是我说出的家乡话把同学们折腾苦了，同学们说："还是说你那蛮子话吧，别把俺家乡话糟蹋了。"

我自小爱唱好说，一直是校宣传队的骨干，在本乡本土却无了用武之地。学校排演的都是豫剧、曲剧，我那蛮子话派不上用场，最辉煌的一瞬，就是往台上一站，说一声："文艺演出现在开始！"两个小时后，再上台说"汇报演出到此结束，请大家多提宝贵意见。"其余的时间我就在拉大幕。高中毕业那年，学校排了个小曲剧《三月三》，我破天荒扮了主角，感觉不错，同学们却说我把曲剧唱成了曲歌，念白像话剧。

当了几年兵，把刚刚带点乡味的腔又忘了个干净。回到地方参加工作，领导在会上说："要注意不能脱离群众，别觉得出去几年了不起了，说话也洋腔洋调了。"我清楚这是指我呢，我也因被看成"摆谱儿"得不到领导的赏识而颇觉失意。有一次，我们外出，住招待所时，服务员说没房间了，几个人悻悻然正待离去，我自告奋勇再去斡旋。普通话一出口，服务员态度立时变得和蔼，她也是个"蛮子疙瘩"，不但调整了房间，而且照顾得还挺周到。单位领导嘟哝着说："这撇洋腔还挺管事嘛。"

如今说普通话的人越来越多了，家长们也以孩子能讲普通话为荣。回想自己说普通话的苦与乐，体味最深的是，即便是一件有益的事，推行起来也不是一帆风顺的。

【滑冰】

童年的趣事很多，最让人痛快的当数滑冰。寒冬袭来，屋后蜿蜒的小河凝固成一条银色玉带，阳光洒来，玉带泛着耀眼的光环，诱惑着我们涌入童话世界。特别是放了寒假，写完作业，离开热屁股的炕头，便可尽情地在冰上玩耍，享尽只有北方儿童才能体验到的一种激情、一种神奇、一种向往、一种境界。

那个时代的生活水平不高，我们不敢奢望有双焊着冰刀的冰鞋。我们玩耍的是自己动手制作的冰板和冰车。冰板做起来较简单，截两节旧地板，锯成凸形，在前端打进一排小钉，两侧各扎上一段粗铁丝，用麻绳将冰板拴在脚下即可。冰车的制作要费些功夫。先用木板条拼成一尺半见方的块板当车身，在车板的下方横着钉上两条方木，在方木上凿出两道木槽，把一尺半长两寸宽的钢片镶进木槽一寸，便是冰刀，再将冰刀在沙石中磨亮擦光，用两节钢筋做成冰橇，冰车便做成了，冰车很容易玩，或盘坐或跪在冰车上，双手撑橇，冰车迅速地向前滑去，注意用冰橇不时地点撑掌握平衡就行，女孩子们都会玩。

部队的家属们对孩子的学习抓得很严，但只要写完作业，对孩子们滑冰是极宽容的。我在家中是老大，母亲上班很远，时常我要照顾做饭之类的事，玩得不很开心。听到冰场上传来小伙伴们欢快的笑声，心里猫挠一般。有回蒸上馒头，拎起冰板就往屋后跑，玩得尽兴，便忘了炉上的锅，回到家时，馒头已经成了烧饼，幸亏邻居阿姨及时赶来，不然连锅也要烧

漏的。挨揍是免不了的，但记玩不记打，第二天照样去滑冰，只是身后背着家里的小闹钟，铃声一响赶紧回家端锅。在一次"花样"滑冰中，我摔了一跤把小闹钟也摔坏了，心疼得母亲直叹气，那是父亲和母亲结婚的纪念物呢。

邻居小雅，黄毛大眼睛，总是跟在我屁股后面去看滑冰。我的冰车让她玩，她就边滑边大声嚷嚷，一惊一乍的。她嫌滑冰车不过瘾，非要跟着我学滑冰板。我不同意，也不答理她。小雅就去找我妈妈告状。我妈妈就会拧着我的耳朵警告我要带好妹妹。小雅就露出缺少了门牙的嘴呵呵地乐。我就带她去滑冰板，冰板是个很不好掌握的玩意，结果，小雅就仰面朝天地摔倒了。还是轻微的脑震荡。我觉得很愧疚，就动手给小雅做一副冰板，想给她个意外之喜。那天，我拿着新做的冰板在冰场等她，却见到她背着一双带有冰刀的冰鞋，是她爸爸给买的。大家都围着小雅套近乎，小雅让这个试试，那个试试，就是不理我。后来，我随父亲转业回到豫西，小雅把那双冰鞋送给了我。

滑冰锻炼了我们的勇气和毅力，增强了体质，那时我们的小伙伴们极少听说谁患伤风感冒。每当看到左邻右舍的孩子们冬季捂得严严实实，却三天两头吃药打针跑医院时，我便更加怀念那洒满童年欢乐的冰场。

【燕子】

燕子的爸爸是我们部队飞行师副师长，她便有了一个充满诗意的名字，燕子长得像她的名字一样美丽，在学校她的学习成绩、思想品德同样出众，在同学中的威信也高。

燕子比我高一年级，回想起我俩第一次交往还颇有些电影里地下工作者的味道。七十年代初的一个夏天，我刚升入小学五年级，是学校出了名的"聪明调皮蛋"学生之一。我的学习成绩在同年学生中最好，却又最淘气，经常耍个小聪明，搞个恶作剧，有时上课起哄把任课老师气哭气走，挨过家长的训斥和巴掌也改不了。便被老师授予了"聪明调皮蛋"的称号。一天傍晚，女同学萍萍给我一张纸条，要我到教室去，有重要人物要和我谈心。出于好奇，饭也没吃饱就去赴约。那晚凉风习习，月亮很圆、很亮。走进教室发现竟是燕子在等我。燕子是学校的学生干部，想必是来教训我的。我就做好了顶撞的准备，哼，我才不怕你们学校的学生干部哪。可是她没有，她问我学习的情况也谈她学习情况；我讲班里的烦恼事，她也讲在班里遇到的不快；她知道我每门功课的考试成绩，也了解我起哄气老师、划"三八"线刻薄女同学的情况……她语言中没有责备、没有讥讽，像是和好朋友在聊天，像姐姐给弟弟讲童话中蕴涵的道理，我就产生了一种感动，就是这种感动改变了我自己。以后，我的每点进步她都知道，经常在放学时给我一张纸条，写着我的进步，做的好事和鼓励的话。

后来，我父亲从部队转业，我们全家从辽宁回到了豫西老家。燕子常来信询问我的学习情况，讲母校师生的故事。高中毕业她去了部队的一个知青点。

步入社会，各忙各的事，我于东北的同学陆续失去了联系。当我和燕子费尽周折终于联系上时，都已是年近不惑了。燕子在一家股份有限公司做事，工作环境工资待遇都不错、正在攻读法律本科。想考取律师资格，已经考了两次，准备第三次冲刺。我劝她现实些。人过三十不学艺，都快四十的人了，不必让自己那么辛苦。燕子说她始终都有一种危机感。虽然眼下工作不错，看到越来越多的本科生进入公司，自己的压力无形中就加大了许多。她很喜欢律师这一行业，自信能够胜任律师的工作。有时她真觉得自己拼到了极限，咬紧牙还得支撑下去，她说只要为自己向往的事业去拼争过、努力过。即便只有过程没有结果也没什么遗憾了。再后来，她履职的公司竟然解散了，我们都为她担心，她却开始了各地旅游。来洛阳

看牡丹。她说，生活吗，就得自己快乐，别总指望别人带给你快乐。别人给你的快乐是短暂的、表面的。你自己内心的快乐才是永恒的。失业了怕啥，调整好了再就业呗。燕子，还在用她的品行影响着我。

【梦中的俱乐部】

六七十年代，部队大院里的俱乐部，在我们孩子心中不亚于人民大会堂。那时部队的表彰、批判、报告大会文艺汇演、慰问演出、放电影都在这里进行。俱乐部宏伟高大，有二十多个台阶，前面有一排只开花的桃树，两边是双排的松柏。

俱乐部的屋檐上，装有两个大喇叭，早中晚定时播放号声，我们上学不迟到，吃饭时间准时回家报到，免了老师的批评，父母的管教。俱乐部的凝聚力极大，只要学校不上课，就会有许多孩子围着它奔跑。台阶上时常响起石头剪子布的声音，满是跳上跳下的身影。

那时精神生活极度贫乏，反复上映的电影就几部，《地道战》《地雷战》《奇袭》等，还有八部样板戏。偶尔上演友好国家朝鲜、阿尔巴尼亚、南斯拉夫的电影，那火的程度，胜过贺岁大片百倍。俱乐部虽好，但它的容量是大院人数的三分之一。每次第一场电影都是军人看，第二场也经常轮不到家属。

第一场电影开演前一小时，我们就在俱乐部的四周寻找时机，往往是部队入场完毕，我们还在那转悠。电影开演时，有值班员守门。胆大的会两三个快步跑上台阶，叔叔让我们进去吧，碰到十七八岁的新兵，他们看着和他们差不多高的首长孩子，满脸得意的挥下手，那几个胆大的闪电般的消失了。下面的立刻冲上台阶。值班员一看大事不妙，慌忙关上大门。大家在门前又喊又叫，声大了，会出来个参谋干事的，大家快速窜到俱乐部台阶下，躲到桃树或松树后面，隐藏起来，一场电影少说也要冲锋四五次。

一次部队放映阿尔巴尼亚电影《宁死不屈》，我和几个好朋友，提前一个多小时就围着俱乐部转，东西出口大门紧闭，进入后台的门也有大锁看门，正想看窗户是否能进，又来了几帮人，目标太大，大家就放弃了，藏在桃树后等待时机。电影开演后，就剩一个值班的战士，我第一个冲上台阶，急声道，叔叔让我们三个进去吧，话声刚落，值班参谋出来了看见我就大公无私地说，今天没通知家属看电影，你来干什么，快回去，不然，我告诉你爸。第二天，有孩子说最后十分钟闯进去了，看见两个女战士走向刑场，其中一个叫咪拉的长得漂亮极了，听后我的肠子都悔青了。

有一年，辽宁芭蕾舞团来部队慰问演出。外面下着雪，气温很低。我吃完晚饭，全副武装地向俱乐部跑去，到桃树下，发现已有很多同伴了。观看第一场演出的是首长，演出前有个简单的欢迎仪式，入口的值班人员也较往常多了几个。演出开始一个多小时了，值班的人员还很认真。我们不停地跺着脚，等待时机。不知过了多长时间，值班员不见了，我们飞一样地冲上去，不知谁摔了一跤，大家顾不上他，以最快的速度冲到演出大厅门口，只见全体官兵起立鼓掌，首长上台与演员握手。看见演员我们心里也很得意，第二天显摆的话题有了，那将会得到无数羡慕的目光。

看见爸爸从衣兜里掏出红袖章，我就知道爸爸晚上值班，准是又要演电影了。我连忙将没有啃完的半个馒头装进口袋，扯住了爸爸的衣角。"滚回去，今晚部队专场，家属不能去。"爸爸手一拨拉，将我转了一百八十度。

部队专场一般都是放的供"批判"用的被禁闭的片子，我也是那时候看了许多被批判的片子，像《林海雪原》《野火春风斗古城》《战斗里成长》。虽然那时还小，讲不出道理，但是觉得被批判的片子特好看，看了特别过瘾。后来，一个姓黄的阿姨，看了《洪湖赤卫队》，到处唱"洪湖水浪打浪"，受了批评。部队加强了管理，再放批判片子就禁止家属看

了。越是不让看的片子越是有诱惑力，这次放批判片子还是我爸爸值班，咋能不去？

爸爸前面走，我就悄悄地跟在后面。部队的俱乐部前果然"戒备森严"。爸爸带着几个小兵在把门。我动了心眼，跑上台阶，对着爸爸喊："爸爸，我妈问你看完电影会不会回家？"门口的人都笑了，爸爸走过来照我的屁股踢了一脚。我很高兴，那几个把门的小兵终于知道管着他们的那个人是我爸爸啦。趁着爸爸不注意，我往俱乐部里溜，门口的那个小兵不但没有阻拦我，还冲我眨了眨眼睛。

俱乐部里已经坐满了人。我刚挤进一个空位子坐下，就发现情况不妙。一个执勤的小兵很快就发现了我，我连忙缩到凳子底下假装系鞋带。小兵走过来，拎着我的衣领说："小家伙，别藏了。出去吧，这片子不准小孩看。"眼瞅着前功尽弃，我伤心得眼泪都快流出来了。也是急中生智，我故伎重演，朝着另一侧戴着袖章的叔叔喊："爸爸，他不让我看电影。"这一招真灵，小兵拎着我的手松开了。那边的叔叔朝着这边挥挥手，也不知道是轰我出去还是让我留下，正好开演的铃声响了，我也就理直气壮地坐下了。

电影放完，在俱乐部门口正好碰上那个当官的叔叔，小兵说，"肖参谋，您的孩子真聪明。小肖，跟爸爸回家吧。"我大声说："我才不姓肖，你才姓肖哪。"说完就钻进人群跑了。

俱乐部给我的童年带来无限的快乐，留下了美好的回忆。它深深地印在脑海里，一不留神就会出现在梦中。

【包饺子】

鹅毛大雪飘了两天两夜，姗姗而来的六七年元旦被雪捂了个严严实实。

"妈妈，雪停了。"屋外是银装素裹冰雕玉琢般的世界。

母亲麻利地搅好菜馅，系上磨毛了边的围巾。

"妈，今天元旦，包饺子吃，不是说好了吗？"盼饺子，盼了两个星期。

"妈晌午就回来，误不了。"母亲走出家门。我趴到窗前，哈气融化玻璃上的冰花。雪地上留下母亲刚刚踏上的一排深深的脚印。

母亲又去了外场军人服务部。外场离家属院有五六里路，还要翻一个山坡。

部队家属没人想去那儿，母亲去了，她说她年轻，家里没负担。我的两个双胞胎弟弟刚三岁，算不算负担？父亲常年在外场值班，谁照顾我？

母亲去了，她把我的两个弟弟送到千里之外的山东老家，

把我托付给邻居，拉着一板车货到外场服务部上班。

外场的连队挺多，日常百货销得快，母亲常常拉着板车一天进几次货。腿常瘊，脚底常打血疱，母亲从没有抱怨，还很满足："战士再不用为一块香皂一支牙膏请假跑路了。"

母亲没有星期天，因为外场战备值班的战士们没有星期天。母亲答应我，元旦放假要在家包一顿饺子吃。肉早就买好了，挂在屋檐下冻着，我已盯了两星期。

雪花又飘起来。覆盖了母亲留下的脚印。忽然，我闪过了一个念头，我干嘛不自己动手包饺子呢？我要给母亲一个意外的惊喜，我不小了，已经八岁。我被自己的想法激动了。

和面，我是用饭勺一勺一勺地和，一次和鸡蛋大小的面团，一共和了十次，饺子皮擀得又厚又大。包第一个饺子，记不清费了多少个面皮，终于包成了，又细又长，像条豆虫，"肚子"瘪瘪的。五十三个饺子包了三个小时。

晌午，母亲没有回来，我趴在窗户上等着，睡着了。醒来时，我已躺

在床上,母亲坐在我身边。屋外,天已擦黑。

"妈妈骗人,说话不算数。"委屈的泪水顺着脸颊滴落。"是妈妈不好,妈这就给你包饺子吃。"母亲为我擦干泪水。我跳下炕,拉开橱柜门,小心翼翼地端出我的"杰作",母亲呆住了,欣喜地将我拥入怀中。

屋门开了,进来几位叔叔,手里拿着苹果和糖,他们说,是代表场务连的战士们来感谢母亲的。母亲听说场务连的战士们去机场清雪缺少手套,就背着一包手套去了机场。叔叔们夸母亲不简单,要为她请功。

"瞧,这是我儿子包的饺子。"母亲自豪地说。

"好,我们也尝尝小家伙的手艺。"

那顿饺子吃得最有滋味!

牙疼随感

听说在西方,牙医一直很吃香,西方的人对自己牙齿的呵护比自己的容颜还重要。本来还有不解,近日忽然牙又作怪,前几天见冷热发酸,这几天就风风火火、大张旗鼓地疼开了。牙疼不是病,疼起来要人命,不知道是哪位伟大的体验家总结出来的,百分之百外加零点一的正确。疼还不算,整个就不能进食,牙齿上下一碰就贼疼。如果哪里有绝食斗争,我一定会义无反顾地参加。眼瞅着一边嘴脸优雅残酷地变了形态,原本干瘪的脸颊居然丰满圆润起来,嘿嘿,做男人"挺"不好啊。

本人的牙齿自小就先天不足，我母亲的牙齿却排列齐整，如军人的站姿一般，而且洁白如玉。小时候依偎在母亲身边，看她和别人谈话，能看到牙齿光洁地闪烁。父亲的牙齿参差不齐，几乎就没有两个以上的牙齿会并作一排，整个儿是游击队，各自为战。我的牙齿完全彻底地继承和发扬了父亲的光荣传统，把个歪牙斜齿的基因遗传得淋漓尽致。我就奇了怪了，怎么母亲的优良基因就不能遗传给我呢？换齿前，我的牙还是相当不错的。九岁开始换，觉得挺好玩，把每颗退掉的牙都要扔到房顶上，说这样才能长出新牙，可能是我扔到房顶上的牙蹦得太远，偏离了应有的轨道，新出的牙谁也不向前看齐，都在自由活动。那年月也没有什么矫正牙的方法，家长们根本不在意孩子的牙齿能长成啥样，或者会对孩子的未来造成什么影响。

牙齿的不齐整，严重损害了我的光辉形象与个人利益。上小学时我的嗓子倍儿亮，在宣传队里却始终演不上郭建光、李玉和之类的英雄人物，不是派去"磨剪子，戗菜刀"，就是演那些恨不得扇自己个满面桃花朵朵开，说着"我该死，我不是人"之类台词的匪徒甲匪徒乙。究其原因，就是牙齿的排列组合不够水平。恨得我天天祈祷那些表演英雄人物的同学害虫牙，磕掉牙，或是吃饭吃到石头硌掉他们的大板牙……我对牙齿的不满终于引起了父母的注意，他们也没啥办法。父亲说，牙齿好看不好看不重要，重要的是管用。看我的牙齿不齐，可坚硬如铁啥都能吃。你妈妈牙齿好看，现在就开始疼了，中看不中用啊。牙嘛，首先是用来吃饭的，不是给人看的。听了父亲的话，我就坦然了。

参军入伍后，我的牙开始出毛病了。一颗牙开始犯浑，反复发作，疼痛难忍。卫生队的一个女军医说这颗牙要彻底根治，除非拔掉。那时年轻，哪管后果啊，先不疼了再说。拔吧。喊里咔嚓，一颗牙才伴我走过十年的光阴，就在我19岁的风华岁月中与我永远的拜拜了。两年以后，牙齿开始陆续出现问题，得经常去医院倾听电钻打进牙齿的交响

乐。那是让人心悸头皮发麻的音乐，让你一回想起来就浑身哆嗦的音响。海军医院的一位年轻漂亮的军医对我说，小刘，从你的牙齿现状看，四十五岁左右，你的牙齿会全部掉光的。我相信女军医的话，漂亮女人不会说假话的，即便说的是假话你也会相信的。况且，女军医刚刚考取了研究生。那时的研究生可了不得，比大熊猫还金贵哩。当时我二十出头，感觉离四十五岁还早哪，二十多年科技发展，说不定到那时就会让牙齿重新长一次了。

　　转眼也到了谈婚论嫁的年龄，看到同学们都成双结对了，我还是孤身寡人。感觉是不是这牙齿的问题也影响了自己的个人问题啊！都说人长得五官端正，这五官就包括牙齿啊。虽然相亲不能像买牲口一样，掰开嘴来看看牙口，可龇牙咧嘴总不是个可以忽略的问题。八十年代初期，牛仔裤、高跟鞋、烫发、迪斯科刚刚流行，年轻的姑娘们正赶时髦哪，我个穷当兵的哪好找媳妇啊！正惆怅哪，认识了个比我低三届的漂亮姑娘，哈哈，一见钟情。人家姑娘一听说是我，马上说，我知道这人，在学校顶爱出风头，脸上有黑痣，牙也不齐整。可她偏偏就相中我了，死心塌地嫁给了我。或许是生活条件好了，营养丰富了，媳妇的饭菜调制的可口，我的牙齿极少犯毛病了，当然也有时上火发炎，可不碍大事。经常看电视剧，看到一些走红的影视明星，心中总是愤愤不平，要是爹妈给我一副好牙齿，我也说不定就是新星了。媳妇就不屑地说，你？新星？猩猩吧？

　　说快也快啊，四十五岁的年龄一晃就到了。科技发展了，可是治疗牙疾还是那么几件东西，仍然要用那比坐老虎凳还让人恐惧的电钻。我庆幸自己的牙齿还没有像女军医预言的那样全部掉光，虽然有过修补，可是它们还在坚守岗位，替我粉碎着进口物资。人到中年，各种事物多了，烦心事也多了，身体的循环系统也陈旧了，牙也就跟着闹毛病了。好在如今治疗牙疼的各种药物也多了，虽然统统不管用，但是家中总是备了很多，吃的、含的、抹的、贴的、喷的反正没有用的全有，有用的一样也不见。

这两天又是多事，牙也闹别扭，疼得夜不能宿。朋友来电，相约品咖啡。本不想去，可横竖都是疼，去。一见面，朋友吃惊地问，你怎么胖了？我说看仔细啊老大，你不会连打肿脸充胖子都看不出吧？朋友爽爽地笑，露出洁白如玉整齐的不讲道理的牙齿，颇有炫耀的意味，我除了气愤和嫉妒外别无他法，只好恶狠狠地点了一壶碳烧咖啡。一边品咖啡一边纵论东南西北，不知不觉几个钟头过去了，竟然忘记了牙痛。看来，精神转移法是治疗牙齿疼痛的灵丹妙药啊！

今日，痛感几近消失，坐电脑前留下这些文字，是为记。

男兵女兵

朋友们看了我写的那些男兵女兵的故事，说挺有趣，有所收获。并问部队生活真的那么有趣吗？部队是所大学校，既有严格刻苦的军事训练，也有丰富多彩的日常生活。部队男兵、女兵的故事很多，男兵、女兵的故事很有趣。

基地通信站只有一个分队的女兵，自然显得金贵。女兵是军中之花，她们给军营增添了绚丽的色彩；女兵是军中之燕，飞到哪儿就给哪儿带去春的气息；女兵很骄傲，有什么职业比当一名女兵更令人神往呢？女兵很自豪，她们可是同类中的佼佼者，问问周围的人，当过女兵

的能有几个？

男兵挺自豪，因为通信站里有一批骄傲的女兵。有女兵的部队就好像比没有女兵的部队高了一个层次似的。男兵的嘴很苛刻，把女兵称为"土八路"，还给每位女兵赠送在男兵中广为流传的绰号，他们怕女兵被宠的没样。有时男兵会故意惹女兵生气，看到流泪的女兵，男兵又千方百计地哄。

女兵心高气傲，吝啬的时候不肯与男兵多说一句话。高傲的像个女王。女兵的心肠很热，见到男兵笨手笨脚缝被子，绝不会袖手旁观。总是要接过针线，缝被子的姿态如下凡的织女。男兵盖着女兵缝好的被子睡得最香，训练起来也格外精神。男兵很喜欢在女兵面前显摆，耍小聪明，想引起女兵的注意，留下深刻印象，尽管剃着光头的男兵就像一个模子里倒出来似的。

联欢会，女兵最开心，她们换上新潮的衣装载歌载舞，尽显女儿芳姿；男兵把手都拍红了，那掌声让"大腕"明星听了也会嫉妒。运动会，男兵最气派，跑跳投射尽显阳刚之气，女兵一声"加油"，再疲惫的男兵也会脚下生风。

男兵生病住院，女兵会结伴去探望，不带慰问品，只是大大方方的问候，仔仔细细地叮咛。辞别时，男兵总要送到门口，逢人便炫耀连队战友来看他，病也轻了三分，饭也多下了半碗。女兵住院，男兵就"小家子气"得多，水果罐头一嘟噜，躲躲闪闪怕见人，逗得女兵直乐。

男兵、女兵在训练中谁也不甘落后，荣誉室里挂满了奖状锦旗，男兵、女兵各占半壁江山。退伍的女兵说：青春没有浪费，忘不了军营。退伍的男兵说：当过兵人生才有意义。忘不了军营，忘不了军营中的"土八路"。

男兵、女兵，筑起祖国的钢铁长城。

【冷美人】

　　"冷美人"是男兵同胞们送给女兵历历的绰号。男兵的嘴是刻薄的，我们通讯站的女兵，每人都有一个很形象的"绰号"。当然，大多的绰号都是贬多褒少。因为女兵少，太金贵，都被男兵宠坏了，起个绰号打击打击她们的气焰，当然，绰号都是背地里叫的。有的女同胞听到了自己的绰号气得哭鼻子，告状到站里。站里开大会上，主任把事一抖落，得，那绰号更是声名显赫。男兵能把"冷美人"这样明贬暗奖的绰号"送给"历历，足见历历有多漂亮。

　　历历人虽漂亮，姓名却不带一点儿女性色彩，表情也常如她的名字一样严肃。阳光灿烂的年纪，一脸严肃不活泼。常把找话搭讪的男兵晾晒得挺尴尬。男同胞认为，送予她"冷美人"的绰号非常贴切。

　　我在收发室值班，每天都要带回去书报信件。我的岗位是很招人喜欢的，看到我拿着书报信件回来，男兵女兵都会围着问有没有自己的信件，唯有历历不问。如果有她的信件，她也只是说一声谢谢，没有多余的话。偶尔看到我手中的书，会说，借我看看，两天还你。那气势不借都不行。

　　夏天，基地组织文艺会演，我和历历都参加了，接触的机会更多了。历历她们的女声小合唱《月夜锚泊》，唱的温馨四溢，可对我说的话却挺严肃：我对河南人的印象不咋地。说是她十岁那年从济南乘车到郑州看当兵的姐姐，下了火车已是深夜。姐姐没按时来车站接她，她只好自己去坐三轮，拉三轮的人要她十元钱，其实只有两站路。幸好姐姐及时赶到才没被"宰"。她说那是她第一次独自出远门。我听了真为那拉三轮的乡亲脸红，又不能容忍她借机"打击一大片"，便反唇相讥说："也不能以偏概全啊。孙二娘开过黑店，不至于说齐鲁大地的女性都那么狠吧？"她竟咯咯地笑了。第一次见到她这么开心地笑，笑得那么美。

历历是个爱说、爱笑、爱唱、爱跳的女孩。我不明白为啥要把自己伪装起来呢？她眨着长长的睫毛说，"部队不是一所挺严肃的大学校吗？""有那么严重吗？说说笑笑，战友之间交谈了解有什么不好？"她又笑了，挺不好意思。

历历出身军人世家，对军队有着特殊的感情，新兵训练她是头一批单独上机值班的。帮炊事班调剂伙食，她做的红烧鱼在全营都有名气。那日排练完节目，我们到海边散步，望着迷人的夜海，她动情地说："我真热爱军队，哪怕永远当一名战士。"我真受感动；我的入伍动机，一半来自"曲线就业"。临退伍前，我因与连干部有些隔膜，想在离队前给他点颜色看看。正在北京学习的历历得知后，来信劝我千万千万使不得。她信中说：你可别把刚在我心中树立起来的河南人的形象再给毁喽。退伍后你来北京玩吧，看看雄伟的长城，看看充满生命力的香山红枫，你就会觉得人在大自然面前的渺小，个人恩怨荣辱算得了什么。我真想变成香山上的一片红叶。

历历，谁说你"冷"，你不正是一片燃烧的红叶吗！

【欢乐小鹿】

露露在女兵排里个头较矮，排队时总是队"尾"，而她走起路来却很有精神，脚尖一跐一跐的，脑后的马尾辫一跳一跳，像一只欢快的小鹿。我开玩笑问她是不是"开后门"当的兵，只怕连体重都达不到。她一双凤眼一瞪："谁说的？告诉你，还富余五百克呢。"逗得大家直乐。

露露是个性格外向的女兵，喜怒哀乐都写在脸上，从不掩饰。对谁好热情有加，不喜欢谁爱答不理。她的弟弟来部队看望她，我看到她又值班又是送饭的，就去帮助。带他弟弟出去游览，她哥哥哥哥地叫我，叫得人心里暖洋洋的。在公园里，她让我们摆出各种架势，一会少林一会武当的，总是让我处在下风被动挨打的造型。我提出抗议，她忽闪着大眼睛说，你都老兵了，怎么这么点风格都没有啊，他是弟弟，要想好，大让小嘛。来来，再来个太极式的，让我弟弟给你打趴下。气得我哭笑不得。

我探家归队，露露找上门来讨吃的，把我的包翻了个遍，满嘴都塞得鼓鼓的，过后还说那芝麻酥片太甜了，那火腿肠太少了，你们河南就没有比这再好的土特产啦？我逗她：有，最著名的是红薯干。她一拍手：哇，那多来劲，肯定比芝麻酥强多喽。你再探次家呗，带点红薯干来。为了红薯干我再探次家，亏她想得出来。不过，我还是让探家的老乡带回了红薯干，看她一蹦一跳地鹿一样欢快地走了。

初夏的一个傍晚，路遇露露，她盯着我看了半晌，像发现新大陆一般："嘿，我看你太像一种伟大的植物了。""像啥？不会是青松吧？""嗯，比青松伟大，豆芽菜！物美价廉，营养成分高。"我这外号很快在女同胞中传开了。自觉不自觉地我改变了低头弓腰走路的习惯。露露又说："不错，像根火柴棍了，比青松还远着呢。"

临退伍那年，我也买了双皮鞋穿上，挺神气的。连长做了几次工作，我也置之不理。有次出操归来，露露说："豆芽菜，走路挺精神嘛。"奇怪，她也没回头，怎么知道我走在后面？"这有啥，你那皮鞋比马蹄子还响呢！"说的我脸红，回屋就换下了皮鞋。连长乐了，跑到营部汇报，我成了他教育老兵离队前遵守条令的典型了。

我退伍前，露露接到了军校的入学通知，她考上了海军一所护士学校。临行那天，落着毛毛细雨，她送了我一提兜莱阳梨："都说分别送梨不吉利，你不在意吧？"我挑个大的，啃了一口。我帮她托运了行李，送她上火车。她到校后，来信问排里、连里、站里的情况，我知道她到了新环境人地生疏，想念老连队和战友，便用了一个下午，给她写了一封长信，十页信纸，贴了两张邮票。她回信说，她看了我的信乐颠了，足足看

了一刻钟，同屋的学员都嫉妒死了，要抢信看，她自豪得不得了，希望每天都会从遥远的海疆飞来封长信。她还鼓励我说：为了我能有个好的愉快的心情学习，你要经常给我写长信，任重而道远哪！

【晨阳】

她叫晨阳，清晨的太阳，光辉灿烂的名字。晨阳长得很平常，眼不大，单眼皮，脸上有些淡淡的雀斑，不像她的名字那般灿烂。

晨阳是上海兵。通信站有句话，上海兵娇，北京兵刁，广东兵是个大烧包。晨阳是上海人，却一点儿也不娇气。训练，劳动，和男兵一样能吃苦、能受累。晨阳写得一手好字，行书，草书，遒劲潇洒，绝看不出是出自女孩之手。直政处组织通讯报道组，晨阳是唯一的女将。我们一起学习了几天，就分头下连队采访，写了十几篇稿子。只有我在《人民海军报》上登了个"豆腐块"。大家不免有些沮丧。晨阳操着上海味普通话说：小刘这篇稿子成功的原因嘛，喏，是他字写得太赖，引起编辑的同情心，照顾照顾发表好喽。大家都笑了，气氛也活跃了，又在一起雄心勃勃地谈论采访计划。晨阳做事情是很认真的，随身带个笔记本，采访时记录得很仔细，连当天的气候和环境都标注得很明细。有时为了当事人的一句话，她还要再次去核实。我说不必那么较真，意思到了就行了。她认真地说，那如果人家不是这个意思哪？采访后修改过的稿子，每次都是她认真地抄写，写错一个字，她也要重新抄写。文章见报了，她开心的像个孩子，拿出家里寄来的大白兔奶糖请我们吃。

有一次部队放映日本影片《绝唱》，报道组的近视眼多，要的都是前排的票。晨阳的双眸标准的明又亮，也同我们坐在一起，那场宽银幕影片看得她头昏脑涨。散场后我问她看了些啥，她摇摇头：说不清楚喏。听了一场电影啊，山口百惠是不是很漂亮啊。我们都埋怨她，看不清干嘛不换到后排？她认真地说，一个报道组的，咋好搞特殊。我是就听了一场电影，也要有纪律、有集体观念啊！南方姑娘竟有北方姑娘的豪爽，真让我们男同胞感动。

晨阳比我早一年退伍，她留下地址说，常来信喏，可字要写得好些，我不是编辑，不会照顾你拿去发表的。分别的仪式在她一句玩笑中结束了。以后，她来信，开头总是称呼我"赖字先生"。想必是提醒我练字。我也下了一番工夫练字，她在信中也说我的字比以前耐看多了。我退伍时，晨阳邀我到她的家乡上海看看。从大连船到达上海是早晨五点钟，黄浦江还沉睡在薄薄的晨雾中，晨阳已来接我了，衣服被雾水打湿，看出她等候的时间不短。晨阳家日子过得挺仔细。洗脸的水再洗脚洗拖布涮马桶。我用水时，她把水龙头拧开，对我说：你大大咧咧惯了，随意诺。晚上闲聊，她问我还看不看书。我没明白是怎么回事。喏，你看书，就开这大灯，不看书我就开个小灯泡。实在，换了我，绝说不出口，晨阳不简单。离沪时，晨阳提着糕点送我到车站，看看手表说，不送你上车了，只请了两个小时的假。如果有机会再来上海玩，拜拜！径直走了，头也未回。这个晨阳！

【大圣班长】

班长有个响亮的名字：孙大声。

班长有个响亮的绰号：孙大圣。

班长说，他刚一出世哭的嗓门就特别大，把接生婆吓了一跳，差点将他扔到地上。父亲去邻居家借了鸡蛋回来老远就听到他的"呼唤"，灵机一动，便给他起名叫"大声"。20年后，大声成了五班的班长。

大声的声音实在大，全营闻名。据传，一次他值班，起床时停电，电

铃哑了，又找不到哨子，一急之下，他便站在院子里吼了一声：起床了！立时把邻近四个连队的战士都吼醒了。连里唱歌，总是要先强调强调，个别同志音量可以放低一些。不然，全听大声一个人在唱了，要命的是，大声除了声音大，五音全不在调上，唱歌跟朗读差不了多少。

班长声音大，心眼也大，啥事也不放在心上。连里分配施工领任务时，他总是一言不发，别的班把乖巧能出成绩的活揽走了，剩下就是大声班长揽下的"瓷器活""硬骨头"。完成施工任务自然也落在后头，嘉奖、立功也就没有五班的份。班务会上，大家便提意见，抱不平。大声班长说："多干几天活怕啥，你们多学了两手技术，得了便宜还卖乖？将来做个全面手，谁也不敢小瞧了你。荣誉都是眼前的事，学到的技术手艺是长远一辈子的事，是不？"大家不作声。咱班长是个大"圣人"。"孙大圣"的绰号也就叫开了。

"班长是兵中之母。"斯大林说的。大圣班长自有自己的带兵方法。清晨打扫卫生，历来是体现战士"大小工作是否积极主动"的标志，每天大家醒来的第一件事就是去抓扫把，扫把成了紧缺物资。星期天，大圣班长上街扛回一捆拖把扫帚，每人一把，不偏不向。大家心里平衡，觉也睡得安稳。游泳训练"万米达标"，别的班都有获万米纪念章的，唯独大圣带领的五班是空白。大圣不服，将全班赶下海，齐心拼万米，游不到五千米，几乎全班"覆灭"，只有大圣还硬挺着。别人两个小时就上岸上，他在水中泡了五个小时还没罢休的意思，最后考核组念他"意志顽强"，特发给他一枚纪念章。

连里人员调整，大圣去了炊事班，交班时他坦率地说："五班我没带好。我到炊事班干两年，就想转个志愿兵，把媳妇带出来。我的家乡还很苦呢！"大圣到炊事班干得很卖劲，有消息说他转"志愿兵"的事也有了眉目。谁料退伍前风云突变，大圣转志愿兵的名额被别人找门路给顶了。战友为他抱不平，大圣班长摆摆手："谁转都一样，都是留在部队尽义务,又不是叫死叫活的事。准备开路,回家抱媳妇。"随即打点行装。大圣班长走时,大家步行六里多路送他到车站。顶了大圣名额的战士也去了,躲在人群后面。大圣班长走过去同他握握手,说:"好好干!"车开了,走了好远,依然清晰地听得到大圣班长的声音:再见了,你们好好干!

【永远的朋友】

白色的病房,白色的床单,白色的病号服,白得让人心慌。

"第一次住院吧?认识一下,我叫林兵,常驻医院大使。"1号病床的病友伸出友好的手。

握住那只消瘦的手,我心情立时轻松了许多:"你啥病?"

"肠粘连,住院半年多喽。别担心,你是小毛病,你只是个临时代办。"林兵一张瘦小憔悴的面孔,话语却风趣轻松。

林兵是武汉人,刚满十九岁,在艇上当信号兵。"天上九头鸟,地下湖北佬。都说湖北人不好处,你得当心喽。"林兵的话把我逗乐了,我俩很快熟悉得像久别的老朋友。我们谈理想谈未来,谈家乡,争论谁的家乡好,争得最多的是谁的家乡好吃的东西多。

林兵经常伫立在窗口眺望远方朦胧的大海,有时还对着模糊的船只打几个手势,我知道他是在练旗语。

"我教你学旗语怎么样?你看,这串手势是请求进港靠码头,补给淡水和柴油"。我还真来了兴趣,跟着林兵学了几个简单的旗语。林兵说起他初次到大连执行任务时,因旗语不熟,几次对不上话,码头上只得用高音喇叭告诉他停靠二号码头。他说,我惭愧极了,艇长说业务练不精,当兵稀拉松。他说要发誓要学好旗语,还要报考舰艇学院。将来我要是当了舰长,你就来当司务长,专门管伙食。看你成天吃不饱的样子。

我看到护士对林兵很照顾，病房里只有他享受随便点菜的待遇。可是林兵每次只点稀饭、面条之类，我甚觉可惜，怂恿他点些海鲜之类让兄弟们也沾沾光，解解馋。他看看我，犹豫了一下，还真点了个红烧对虾。我一顿猛吃，说，林兵，下次点螃蟹。不知怎么这事让护士长知道了，她把我叫到值班室狠训了一通。护士长说："林兵是啥病，你知道吗？""肠粘连嘛。"护士长双眼涌出泪水："他是晚期直肠癌，挺不过两个月了。"简直是晴空霹雳，我都呆住了。林兵，怎么可能，他才十九岁，他天天那么快乐，他还要报考军校呢！

林兵的病重了，打止痛针的次数越来越频繁。白天疼痛起来，他牙咬得咯咯响，浑身汗水也不呻吟，怕刺激同屋的病友。他还轻声地哼唱着"燕子啊，你高高地飞翔，带着那殷切的期望"。晚上，林兵捂着肚子艰难地一步一步蹭着叫护士打针，也不叫醒我们。只有一次，半夜他推醒了我，他蜷曲在床下，一定是疼得挪不动了。

一个月后，我要出院了。我握住林兵枯黄的手说："林兵，好好养病，出院再教我学旗语。"林兵脸上呈现一丝笑容："大家都在瞒我，其实我早就知道自己是什么病了。也许这次是永别，谢谢你照顾我。"林兵平静得像是说别人的事情。下了楼，我朝三楼的窗口望去，林兵仁立在窗口，探出身子向我招手。我看清了，他打的是旗语：再见，朋友。一路平安！

泪水模糊了我的眼睛，林兵，我永远的朋友。

【常明立志】

常明是湖南兵，长得四四方方，上下一般粗。厚厚的嘴唇，十分健谈。在连队，我俩睡上下铺，自然成了好朋友。

连队的生活是复制单调的，学习训练雷打不动。业余时间都是自己找乐。八十年代初，连队战士自己安装收音机成风。常明也用节省下的津贴买回了喇叭、二极管之类的零件，到炊事班找了两把旧菜刀就"闹起了革命"。他看到我脸上怀疑的表情，他满不在乎地说："这没啥难，别人能装咱也能装。我想好了，学会这门手艺，复员回家也用得着。"闲暇时间，我看书写字，常明就掂菜刀搞"高科技"。捣鼓了两个月，别人组装的收音机都能出声，他装的收音机始终是默默无闻。最终那堆零件和旧菜刀一起扔进了垃圾堆。我安慰他别难过，失败是兵家常事，重来。常明摇摇头对我说："装那玩意儿也没啥意思，现在都时兴组合音响了。"

不久，我调到连部当文书。当时学英语成了时髦的玩意，谁要是能叽咕两句"咕嘟猫腻"就跟有了大学问似的。周六，我和常明在海边散步，常明对我说："我想好了，利用在部队这最后两年学点英语。我家乡有许多旅游景点，老外也去的不少。我将来回去干导游，赚外汇。"当时的条件在部队当兵要自学英语可不是件简单的事儿，我劝他好好考虑，他摇摇手中的《英语九百句》："都说不难，一共才九百句，一天记一句，两年也差不多了。"从此以后，经常看到常明在海边或礁石上，摇头晃脑的身影。班里人常起哄逗他，让他说几句英语，他则厚唇一动："说了你们也听不懂。"

过团日，大家相约到玉皇顶公园春游。正玩得尽兴，走过来两个大腹便便的"老外"，对我们比比画画，不知要做什么。大家把常明推出来对话。可他同"老外"咕噜了半天，还是谁也不懂谁说的话，常明急了，竟来了句："你的，想什么的干活？"这下可让大伙笑惨了。翻译赶来，我们才终于明白了，原来"老外"是想和我们海军战士照相合影。老外最后的"拜拜"，大家都听懂了，常明兴奋地说，他说再见，我听懂了，是再见。大伙那个气啊。

我在连部工作，写的报道常被报纸电台采用，还被《人民海军报》评

为优秀通讯员。经常收到三、五元钱的稿费。星期天，我和常明上街请他吃三鲜馅饺子。常明说："写报道不错，名利双收。我想好了，今年也试试。复员回去进广播站当记者。"说着就拉着我进书店，买了一摞子写作方面的书。自此，便经常伏案写稿，说要"一鸣惊人"。也不知道他写了些什么稿件，每天报纸一到，他头一个抓到手，从头到尾览一遍，见没他的稿，便把报一甩："这报办得真没意思。"直到复员，他也没有发过一篇稿。我帮他整理行装时，他指着满满一箱书说："我想好了，这七十八册书全部捐赠给连队。"我把常明的想法告诉了指导员，连里为常明举行了简单而又热烈的捐赠仪式。临别时，他激动地对我说："我想好了，回家办个养鸡厂，一两年弄他个万元户。"

【何兄】

何兄，你我相识应了一名老话：不打不成交。

你是入伍四载，刚刚提升的军官；我是穿上军装不足仨月的"新兵蛋子"。在基地的篮球场上，新兵老兵开展了一场"龙虎斗"。你的带球过人总是引来场下观众的喝彩，我心中就不服，要知道，我也是篮球体校混打过几年的中锋。我盯上你，为抢一个球，你我撞在一起，你倒下了，崴了脚，脚脖子肿得脱不下袜。我吓呆了，得罪了老兵不会有好果子吃，何况是得罪了个当官的。我扶起你到水管前用冷水浇那惨不忍睹的"胖脚"，疼得龇牙咧嘴的你却调侃道："好了，新兵蛋子，算你给我开了张病假条。认识一下，你叫什么名字？"我握住了你那有力厚实的大手。意外地碰撞，你我成为推心置腹的朋友。我佩服你畅爽的乐观情绪，诙谐幽默的谈吐，跟你在一块就觉得舒心。

你很有灵气，写诗对句，唱歌作曲，吹拉弹奏样样拿得起。你创作的那首《军港小夜曲》，我们在汇演中夺得创作和演唱一等奖，优美舒缓的旋律在基地的士兵中广为传唱。你的小号是召唤快乐的集结号，假日闲余，你只要拥着它在海滩出现，便招来成群的战士同你一起朝着大海亮开歌喉，唱的海鸥都围绕在周围翩翩起舞，不愿离去。

何兄，还记得那个花好月圆的夜晚吗？你我到医院看望住院的战友，他的思想负担挺重，整日叹息以泪洗面。你走进去，便给病房带去一束祥和快乐的阳光。你说古谈今，妙语连珠，插科打诨，调动了整个房间的气氛，战友脸上露出了笑容。临别时，你拍着战友的肩说："男子汉嘛，别那么没出息。"归途，你却再没说一句话。你拿着小号坐在月光朦胧的海滩上，吹起你最喜欢的《红河谷》。只是那天的音调带着一缕惆怅。后来我才知道，那天，与你相恋几载的女友同你分手了。当你在医院和战友侃侃而谈时，内心忍受着多么痛苦的创伤！

再后来，你把几位战友邀在一起，拿糖敬烟，小号一遍又一遍地吹奏着《祝您幸福》。我们问你有啥事值得这么高兴，你是在欢庆与你分手的女友今日同他人完婚。我以为你这是一种情感的发泄，你却那么真诚地说："她得到了她想要的幸福，我不该为她高兴吗？"

何兄，你的身影在我面前陡然高大起来。比江河宽广的是海洋，比海洋宽广的是蓝天，比蓝天宽广的是人的胸怀。

我结束了五年的军旅生涯，你说，到地方好好干，好男儿志在四方。到时候我去送你。可是临别时，我却寻不到你的身影。直到离港的客轮拉响汽笛……

你来信了，你说你受不了离别时那让人酸楚的场面。你怕说出的笑话也会被泪水打湿，你命令自己坐进电影院，直到散场你也不清楚银幕上都上演了些什么。你说你来到海滩，在你我经常相聚的地方，向着无际的夜海，敬了军礼。那夜你为我吹响了小号，在海边，《友谊地久天长》，你问我听到了吗？

何兄，读着你的信，我流泪了。何兄，记下上面的文字，是为了纪念

你离开尘世整整十年。我至今不能相信疾病会夺走你旺盛的生命。我想你的时候，天边总会传来悠扬的号声。

阿黄·猴子

阿黄是我们防化连养的一条狗。那一年，我们从乡下收购了老百姓的几只狗，阿黄是最小的一只。阿黄最懂事，从不挑食，喂啥吃啥，见到谁都亲热地摇尾巴。你抚摸它，他就会乖乖地躺在地上，你不耐烦它，它也知趣地躲在远远的地方。如果外出搞训练，我们都爱带着阿黄出去。我们防化连要经常到各个连队给大家讲防化知识，会用狗做些演练。尤其是有任务时，我们分成几个组分头到兄弟部队讲解防化知识，阿黄就不知道该跟谁去了，这组叫那个组也喊，作难的阿黄在原地转圈圈。那天，我们去的是炮兵部队，临行前排长说，带去做实验的黄狗，要悠着点。解毒后，就放阿黄走吧，部队要执行任务，用不着了。我们心里还真是不舍得。阿黄似乎知道了自己要被赶走，蹭着我们的裤腿撒娇。

我们三个人带着阿黄狗来到山脚下的炮兵一营。炮兵老大哥在部队是很牛的，总觉得这就是部队的轿子，是长着翅膀的战士。对我们防化连的人不当回事。这次我们郑重其事地卖起关子来，三个人轮流登台，从化学武器的起源，在战争中的危害以及如何预防，怎样自我保护侃了快两个钟头，炮兵老大哥都瞪大了眼睛直啧舌头，称赞防化兵了不起。"为了给大家一点直观，下面我们用狗来做个试验。"在一片空地上，我们把阿黄拴好，将稀释后的试剂给狗扎了一针。阿黄已经习惯了这样的演练，马上就躺在地上。

"大家注意看，五分钟内，狗将出现烦躁，气短，流泪，瘫痪的症状。"黄狗果然泪流滚滚。"十五分钟内，黄狗将抽搐，挣扎。"十五分钟过去，阿黄狗竟没有抽搐，不知是阿黄狗经过多次试验有了一定抗药性还是试剂失了效，阿黄竟然挣扎着摇摇晃晃地站立了起来，接着就撒欢儿般地直往我们身上扑，那亲热劲真让我们尴尬。炮兵兄弟议论纷纷，说讲的挺玄乎，其实也没啥了不起。还是班长脑瓜机灵，说我们还要去二营讲课，怕出意外就没有给狗注射够量。

上完课，我们牵着阿黄往回走，觉得在炮兵的眼前丢了面子，心里都有些沮丧。班长气得踢了阿黄一脚，说你个不争气的东西，关键时刻用不上。走吧，别再跟着我们了。班长撵着把阿黄赶走了。回到连里，排长听了我们的汇报，狠狠地克了我们一顿。

以后的日子，我们总是觉得隐隐约约地看到有阿黄的影子，可是又找不见它。秋天，我们奉命协助追捕一伙毒贩，在围堵中，忽然窜出了阿黄，它如一道金色的闪电冲在班长的前面。毒贩扔出的手雷在阿黄的身旁炸响，阿黄被掀起两米多高，消逝在烟雾中。班长说，那颗手雷本来是该他踩的。

我们就在阿黄去世的山涧，把阿黄埋葬了。还给阿黄立了一块碑。

南疆边境的气氛异常紧张，大战一触即发。我们部队奉命进驻云南马关小南溪，距边界只有半天的路程。

小南溪四面环山，茂密的丛林，半人高的野草，将部队驻扎的帐篷遮掩的严严实实。为了作战的需要，我们都剃光了头发，又写请战书又是写留言，大家的心情是既紧张亢奋又觉得新奇。我们连队有着光荣的传统，但是新时期还没有谁与敌人面对面的真枪实弹地较量过。

虽然形式紧张严峻，部队的日常生活还是有条不紊。那天，我站后半

夜的岗。

换岗的时候，班长对我说南面石壁上好像有些动静，让我注意观察。我听了心里还真的有些发毛。那时，对方不少特工都潜入我境内刺探情报搞侦查破坏。如果是连真枪真刀都没有动，我就光荣了那才叫冤枉哪。没有一丝风，夜很静，静悄悄的山林也反而显得奇妙莫测。午夜一时许，南边的壁崖上传来了响动，谁，口令。我心里一激灵，端枪喝道。没有回应，只有我的声音在山谷间回荡。我又大胆地往前走了几步，哗啦啦，几个小石头快穿过茂密的树叶掉落下来，我连忙躲到一棵树下，又喊，什么人，快出来，不然我就开枪了。当时部队有规定，不到万不得已不得开枪，以免暴露目标。没有见到什么人，我自然也不敢开枪，否则若是虚惊一场，暴露了部队的目标不说，我还不得让战友们笑掉大牙。又有几块石头落下后，响起一阵窸窣穿越山林的声音，便没有了动静。下岗后，马上向连里作了汇报。第二天加了双岗。翌日上午，全连出动对我们驻扎的101高地进行搜索，结果搜出了一只棕红色的猴子。有意思的是它还向我们掷石头玩哪。虽然有些不忍，但在当时的特殊环境下，我们还是忍疼把它送去见如来佛了。以后再也没有出现异常情况。

五天后，反击战的战役打响了。战争就会对自然界的一些生态带来损害。再金贵的东西，在特定的条件下也要面临损坏的可能。人类一定要珍惜自己的环境，珍惜自己的生存，因为你的生存状况往往会影响到与你恕不相干的生物，就如那只有意思的猴子。硝烟散尽，往事如烟，那只猴子却让我记忆犹新，在此还是要说声，对不起了。

第五辑
轻轻地抱你一下
QINGSEYOUSHANG

军营旧事

【看似偶然】

部队立功的机会不少，我就因宣传报道成绩突出立了个三等功。不过，这是以戴上了三百度近视镜为代价的，可是有的军功章来得要容易些。

仲夏，烟台正值旅游旺季，海滩上从早到晚游人不断。我们部队大院就坐落在海滩上，大院外围是一道护浪墙，墙三米多高，两米多厚。海浪打在墙上，溅起四五米高的白色浪花，煞是壮观。闲暇时，战友们都喜欢坐在护浪墙上看景致。那天中午，我们又坐在墙上谈天说地，见墙下走来一位姑娘，秀发披肩，一身粉红色连衣裙，飘逸潇洒。姑娘缓缓向大海里走去，我们都看愣了，还没见过这种游泳方式呢。水越来越深，姑娘开始往海里躺，可是她的纱裙托着她，海浪推拥着她，使她漂浮在海面上……墙上的人都看呆了，不知道这个姑娘在搞什么名堂。忽然，一个身影从墙上跃入海中，是个湖南兵，水性极好，他迅速地游到姑娘跟前，将她拖出水面。姑娘放声大哭。简直不敢相信，她竟是来寻短见的。救她的湖南战友因为舍己救人，荣立了三等功。我们这些当时只有发愣看热闹的人拍着脑袋喊窝囊，心想，哪有穿戴这么漂亮的人会自杀啊。眼睁睁地失去了立功的机会。

其实立功也不一定是什么非常紧要的任务完成的好，才能得到奖赏。一些偶然的情况下就能造就立功的机会。直属队举行拔河比赛，一连是最有实力拿冠军。决赛时，一连的几名选手脚下打滑跪倒在地，已占据的优势立即变成弱势。关键时刻，打头的东北兵杨大个子大喝一声，拼命死拽，绳子停止了滑动。跌倒的选手迅速爬起来，齐心合力，终于取得胜利。杨大个子的双手却被绳子拉破，鲜血染红了一截绳子。连队战士深受感动，一致为他请功，直属队还真的给了个三等功。别不服气，人家的本事是关键时刻能力拔千钧，维护了集体的荣誉。

还有一例更是偶然。傍晚，还下着小雨。防化连一个战士因为拉肚子跑厕所。一次上厕所回来，见到厕所墙外有一根电线断了，他便随手给拧了拧，接通了。他回到班里还对大家讲着玩，说如果是跟带电的线，他就一命呜呼了。没有想到，他竟然为此立了三等功。原来那是为演习的铺设的一条线路，正有紧急情况的关键时刻，首长正气急发火，派人去抢修，没有想到被个拉肚子的战士信手拈来。同样是有不少战士喊后悔，因为当时他们也看到了那根断线，可是都没有意识到。

在部队的立功机会很多，关键是你有没有这种意识。而这种意识是因为平时刻苦学习、刻苦训练，热爱军队、热爱生活培养出来的。如果不关心集体，不关心战友，不热爱自己的事业，再多的立功机会摆在面前，你也抓不住。

【辉煌的五分钟】

说起这桩往事，我至今还得意不已。直属队组织基层篮球选拔赛，十几个球队中，一连和四连是公认的强队，我们六连偏偏和四连分到了一组。不是怵他们，而是看不惯他们那得意劲。四连有着一群得天独厚的拉拉队——女兵排。女兵在部队个个都跟公主似的，男兵都宠着她们。只要有女兵当拉拉队，四连的男兵一个个摇头晃脑地觉得自己就是穆铁柱。反正也是输球，索性放开了手脚，我们连的队员一个个超水平发挥，远投突破，连连得手，就连称为"歪把子机枪"的大冰竟然也是连投连中，搞得他自己都不信，我又中了？最后以2分险胜，取得第一场比赛的胜利，也是我们第一次战胜超级大国。连里中午加了菜，还添了几瓶啤酒。

　　吃过午饭，我去直属队通讯组送稿件，同新闻干事聊天，喷得是天昏地暗水深火热。一看表，下午比赛的时间快到了。急忙告辞往球场跑，一到赛场边我就傻眼了，气象台队的队员正摩拳擦掌，练球正酣，我们连的球员一个也不见。按规定，比赛时队员不到场就算弃权。我只得挺身而出，开始了一个人与对方五个人的篮球大战。开始的挑球我自然是占不到便宜，不管挑到挑不到都不会是我的球，我只好用力将篮球击打出场外，拖延时间。对方发球三下两传就到了篮下，伸手就是2分。我一个人发球都成问题，又不能五秒违例，就把球发到对方球员的脚上，把球碰出界外，我再慢慢腾腾地去捡球，看球的观众笑成一片。我把球捡回来就发蒙了，对方队员"吃一堑长一智"，都退到自己的半场，看我如何处置。真是天下事难不倒共产党员，我把球发进场内，再跟进去运球进攻，对方五名队员站成一排，虎视眈眈疏而不漏我那两下子要想冲破对方防线到篮下，无疑是自取灭亡。我就在原地运球，不进攻，拖延时间。对方发现了我的意图，两名队员赶来堵截，我晃过了两名球员，距离篮筐还有六七米远的地方就跳起投篮，真邪，那球像长了眼睛，旋着圈就钻进了篮筐。好球！观众都鼓掌欢呼。对方队员有些气恼，开始耍我，他们互相传球，一会给我个"擦头皮"一会给我个"裆下钻"，我置个人荣辱而不顾，毫不在意，对方耍够我了，才出手2分。"危难之际"我忽然想到了"暂停"。对啊，叫暂停。部队打球都是毛时间，能拖就拖呗。暂停时，我故意把鞋带给散开，刚开球就示意

我的鞋带开了，不急不躁地系鞋带。对方故伎重演，又运球来耍我，再得2分。我第二次要求暂停。终于看到了我连的大队人马队员气喘吁吁地赶来。原来是他们记错了比赛场地，一路急行军。我自己整整坚持了五分钟。榜样的力量是无穷的。队员被我的精神感动，全力以赴，气势如虹，大获全胜。那次比赛，我们连获得了第二名，是建连以来的最好名次。连里的黑板报还专门为我写了篇通讯，标题就是：辉煌的五分钟。

【上镜头】

一家电视台来到我们部队驻地拍电视剧《人间重晚晴》的外景。请求部队协助拍摄，做些群众演员。部队就把各连有点文艺细胞的战士抽出来，跟随剧组充当临时演员。我也被挑上了。

虽然是海滨气候，天气也是异常的热，在拍摄现场，大家都很兴奋。因为从来没有看到过电视剧是怎样拍出来的，尤其是看到了平时只能在电视里看到的明星，更是新奇激动，两只眼睛就觉得不够用的，连导演拿着大喇叭介绍要拍的剧情也没有听明白。开拍了，我们几个喊着冲啊杀啊就上，急得导演直喊停，说你们是坏蛋，别忘了，你们是坏蛋。我们这才注意到自己穿的匪军的服装。扮演八路军的战士都笑了，说你们土匪还神气个屁啊。一整天，一会换上匪军的服装"烧杀掠抢"，一会换上八路的服装冲锋陷阵，死了好几次，也牺牲了好几回，大汗淋漓也不觉得累，觉得十分有趣。

剧中有场戏，是民兵抬着担架运送伤员，遭遇鬼子飞机轰炸，因为酷暑干渴，民兵晕倒。导演在我们中间挑出了我和大阳。可能是我长的饥寒交迫，比较贴近，大阳却是因为面黄肌瘦比较适合剧中人物形象吧。其实，大阳还有结肠炎，成天拉肚子。我们把拉肚子叫冒肚，所以都戏称大阳是老冒。开拍了，我和大阳抬着伤员从山坡上跑下来，导演喊，倒下哦。我和大阳把担架一扔，来了个标准的卧倒姿势。可怜扮演伤员的小魏，叽里咕噜地就滚到沟里了，龇牙咧嘴地爬上来说，我可是假扮伤员啊，你俩把我给摔成真伤员了。重开始，导演又给我们讲戏，还做了示范动作。我总觉得那巴掌大点的镜头根本不会把我都拍进去，我和大阳就往一起靠近，急得导演一再喊，别看镜头，别看镜头。就这么一场戏，我和大阳跑了十来次，已经是汗流浃背，气喘吁吁，口干舌燥。大阳缓缓倒下，我连忙扶住他，导演说，你可以喊他几声，焦急地喊他几声。我没有焦急倒是着急了，我开口就把大阳的外号给喊出来：老冒老冒。围观的战士都乐了，连扮演伤员的小魏都咯咯地笑了起来。没辙，导演挥挥手说，算了，换俩人来演吧。结果，我和大阳折腾了一下午，一个镜头也没有拍上。回去的路上，疲惫不堪的大阳还在埋怨我，都怪你，叫我外号，不然咱们也能上镜头了。

后来，电视剧播出了。看到民工抬担架的镜头，大阳就惋惜地说，那应该是我才对啊，都怪刘文书了。原想拍电视剧是个轻松好玩的差事，其实做哪一行都不是容易的事情。为人做事也不能这山望着那山高，踏踏实实地做好自己的事情，比如从好好抬担架开始。

【初次立功】

我入伍的第二年，直属队组织了通讯报道学习班。因为我的黑板报办得好，我也被推荐到通讯班学习。给我们讲课的干事在报纸上发表过文章，说别指望一个班就能够出成绩了。学习班结束后，我采写了两篇小稿件寄给了《人民海军报》，作为毕业答卷。后来在一张《人民海军报》上，我竟然找到了我的那篇稿件，虽然只是个豆腐块，可是我的文字第一次变成铅字啊。让我兴奋了好几天。这也是我们那个学习班的第一篇见报

稿件，给我们讲课的干事说，还真看不出来啊，以为你只会打篮球哪。直属队成立了通讯报道组，点名要我，说这个新兵蛋子土八路的厉害。并且下了任务指标，只要一年能在海军报上见报六篇，就给我报个三等功。立功受奖太有吸引力了。没有入伍前，总是在电影电视里看到过胸前挂满了奖章的功勋们。父亲也是当兵的出生，却没有一块立功的奖章。当兵也是第二年了，得到过连里不少次嘉奖，立功想也不敢想，我们连里还没有谁立过功哪。人有了动力，精神头就足。我买回了一摞子有关新闻报道方面的书籍，还参加了西北一个新闻学院的函授，每天都要学习到深夜。开始只是照葫芦画瓢，看到别人写什么也跟着写什么，总是跟不上节奏。后来，跟着新闻干事学习，知道了一些抓时事新闻的窍门，以及各个时间段的新闻报道重点，消息、特写、通讯竟然连续见报了九篇。那年人民海军报评选优秀通讯员，我们基地有三人入选，两个是专职新闻干事，只有我一个新兵蛋子。立功的条件达到了，可是负责我们通讯组的干事因为抓宣传报道成绩突出，被保送到政治学院深造，我立功的事也就成了泡影。送他乘船的路上，他鼓励我说，别泄气，成功都是给有准备的人预留的。相信你会有立功的那一天。

　　部队有句俗话，新兵的信多，老兵的事多。我在部队服役的最后的一年，自己的事情也多了。从来不生病的我，也莫名其妙地住进了医院。新闻干事到医院看我，说今年的通讯报道任务繁重，鼓励我多写，如果能见报十篇，一定给你报请三等功。精神的力量是无穷的，就那么大的劲，我又莫名其妙地出院了。连队正好外出施工，本来是留我看守的，我还是要求去了施工现场。部队施工在高山峻岭间，条件很艰苦。但是，大家积极乐观，施工结束后就开展各类体育活动。我采写了特写《高山文体轶事》，海军报很快就发出来了，还被评为季度优秀稿件。以后，又写了《沙滩文体轶事》。退伍前，我终于完成了十篇报道任务。可是，直属队的总体通讯报道任务没有完成，我的立功又搁浅了。离开部队的前一天，忽然全连集合，指导员给我挂上了一枚三等功的奖章。原来是新闻干事力争的，说要取信于人，不能让老兵带着失望走。新闻干事还以此为题材，写了篇通讯《退伍老兵立新功》，瞧瞧咱，退伍了还为部队贡献了一篇通讯题材。

回到地方，正是竞争激烈的时候，进入金融领域的名额很紧俏。我是带着自己的剪报本和立功奖章，找到了地方领导，他专门到地区给我争取了个名额。立不立功不要紧，写好通讯报道为以后的发展打下了好基础。只要是有学习的机会就不要放弃，而且要抓牢这个机会，他带给你的收益也许在若干年以后。

【赛歌】

三个月的新兵连生活结束后，我分配到六连。作文书。因为有点音乐细胞，连里教唱歌的任务就落在了我的肩上。连队每周四晚上有一个小时的教唱歌时间。我起初对此并不热心，随便找个老掉牙的歌忽悠忽悠了事。时隔不久我就为总觉得懒着忽悠付出了代价。

那是在听一场自卫反击战的报告前，几个连队一落座便是歌声四起与我连邻座的是四连，两家自然成了对手。我是新兵蛋子，正好找到了露脸的机会，大刀向鬼子们的头上砍去——预备唱！这首歌节奏明快，铿锵有力，尤其是最后的一声"杀！"全连战士几乎是可着嗓子吼出去的。我们的杀声刚落，我便指挥着大家向四连发起攻击，四连来一个，来一个，四连。四连的指挥马上站了起来：大刀向鬼子们的头上砍去——连队的赛歌就是这样，你前边唱得是啥歌，我后面也跟着唱啥歌，撵着你走，前边的没有歌可唱了，后边的再唱自己拿手的歌，前边的无歌较劲了，自动认输，全场就会想起一片掌声和舒心的笑声。

因为平时就没有教会大家唱新歌，战不到几个回合，我就心虚了。

指挥全连又来了一遍"大刀向鬼子们的头上砍去"这实际上是认输的信号，可是四连的指挥不依不饶，许是我先挑起事端的缘故吧，对我们是穷追不舍，还亮出了人家的看家本事，男女声对唱。整个通信站就是四连有女兵，明显是欺负人了。一曲《上前线歌》，自然是赢得不少风采。谁料四连的指挥根本不理会我的窘境，拉歌直接就向我开炮了：六连指挥别犯软，赶快唱歌莫延迟。一二三，快快快。我一咬牙，站起来：大刀向——哄，全场大笑，一阵掌声把我的大刀后半句迁回到了肚子里，脸上阵阵发热。回来的路上，大家都有些沮丧。一班长说，刘文书，你可真行啊，硬是让咱们连跟大刀片子干上了，都啥年月了，也太不够现代化了吧。

从此我教唱歌曲不敢再马虎，总政推荐的十首歌曲，共青团推荐出的十首歌曲，《解放军歌曲》中的队列歌曲我都教给大家唱。会唱的歌多了，实力增强了没有再出现大刀片子的事情，可是一直没有机会再次与四连赛歌，心里总是觉得疙疙瘩瘩的。八一建军节，直属队集会，我们又是和四连较上劲了。我知道这是自己在部队最后一个建军节了，指挥起来格外地卖力。《人民海军向前进》、《远航归来》、《水兵回到海岸上》、《等待出航》、《军容风纪歌》，十几首歌曲唱过不分上下。《通信六连之歌》，四连听到这首歌发愣了，这首连歌，是我和几个文艺骨干自己写词作曲的，大家唱得士气高昂，赢得掌声一片，我们最后获得了比赛的第二名。全连会餐以示祝贺。拿着奖状，想到自己不久即将离开连队，心里真说不出是啥滋味。无论做什么事情，都要认真对待，绝不可敷衍。

【泉水叮咚】

那一年《泉水叮咚响》的歌刚刚唱红。

我们连奉命参加一次架线任务，施工那地方十几里外无人家，部队就住在山坳里。山石垒成的墙，山木架起的棚，油毡盖起的顶。乱风落雨，棚顶哗哗作响，激昂的山林交响乐震得人无法入睡。

那是一次艰苦的施工。每天要爬几十里山路，搬运几千公斤重的工具。线路是盘山而上，炸石盘坑，竖杆放线，劳动强度很大，身上的工作服被汗水浸透，湿了再干，干了再湿。收工回到驻地，人散了架一般。施工的山沟里没有任何娱乐设施，最舒心的时刻便是坐在山脚下那汪清泉旁边小憩了。山泉从峭壁夹缝中缓缓流出，几股细流汇聚到一起，给粗犷的大山写下了一首隽永抒情的小诗。当我们拖着疲惫的身躯坐在山泉的旁边，掬一捧泉水洒在脸上时，便觉心旷神怡，周身的劳累也荡然无存了。我们的笑声、歌声直惊得树上的小鸟儿扑棱棱地向山林深处飞去。泉水悠悠，给我们单调的生活送来了欢乐和浪漫。

一班长用大锤和钢钎在石崖上凿出三个大字：水兵泉。那字迹透着豪迈。大家聚在山泉旁，拉东扯西，洗脸漂衣。我发现一班长好像情绪不是很痛快。一班长河南南阳人，中等个头，长得壮实，黝黑的皮肤，一双眼睛小而有神。一捆铜钱百十斤重，别人两个抬一捆，他一人驮一盘，能登上几百米高的山头；六米长的木杆，别人两个抬一根，他一人扛一根能爬几道岭，浑身似乎有用不完的劲。可收工回到住地的木屋，蹲在泉水边时，他却阵阵发呆，大家逗着问他是不是想嫂子了，他咧着厚厚的嘴唇，淳朴地一笑说：没那事。

那天，我为一班长写了篇通讯，题为《老兵的情怀》，让他过目，他翻了翻随手将稿子撕成碎片，手一扬，纸片漂浮在水面上，轻悠悠远去。他搓着粗糙的手掌，瓮声瓮气地说："干正经事去吧。"我心里不顺气，心想，一个老兵怎么能这样，我宣传你也是为你好嘛，如果能立功受奖，兴许还能转成志愿兵就不用回农村老家了。心里不高兴，施工时总走神。忽然我被重重地挨了一脚，踉踉跄跄向前扑倒，身后又传来一声闷响。是一班长，在线杆倒下的一刹那救了我，他的脚却被线杆子砸断了。

我们搀扶着一班长坐在泉溪旁，等候站里派来的救护车。一班长对我说："我态度不好，看在老乡的份上，别往心里去。我提前归队的动机可没你写得那么高尚。我的家乡还很贫困，为我的亲事，背了一屁股债。我如果不回部队，每天都得请客，请不起了，我只好提前归队了。真对不起你嫂子，她想跟我来，可没钱。"他燃了一支烟，大口大口地吸着。月亮爬上山头，四周静极了……

泉水叮咚，泉水叮咚，

泉水叮咚响，

跳下山岗，

走过草地，

来到我身旁……

不知是谁唱起了《泉水叮咚响》，接下来二十几个粗犷的喉声汇集在同一音域上。那一夜，我们把《泉水叮咚响》唱了一遍又一遍，直到东方泛白……

青涩忧伤

虹虹爱看小人书，虹虹看小人书入迷的模样好俊。虹虹不太答理我们男生，除非他有小人书。虹虹会很乖巧地走到那个男生跟前，能让我看看你的小人书吗？男生百分百地投降，百分百地把小人书送给她，哪怕这男生正看得入迷。

我攒着零花钱，买了一本《小李飞刀》，故意在虹虹面前显摆。虹虹来借我的小人书了，我要求虹虹就在学校的小河边看，虹虹听话地点点头。夕阳映红了清凌凌的河水，波光粼粼，好看得跟虹虹的酒窝。同学放学都要走过这条小河，看到我和虹虹在一起，男同学羡慕地吐舌头。天暗了，看不清了。虹虹要带走小人书。我不答应，只同意明天放学还让她在河边看。

晚上，阿飞把我的小人书借走了。第二天放学，我叫虹虹，虹虹说她已经看过了。是阿飞昨晚拿走我的小人书去巴结了虹虹，我揍了阿飞。阿飞不理我了，虹虹也不理我了。我发誓：要是再省钱去买小人书，我就是小狗。

男生滑冰，女生在旁边看。女生中有我妹妹和虹虹。我们当时滑的是冰板，冰板制作很简单，锯两块与脚大小相等的木板，每块木板镶上两根铁丝，再系上绳子绑在鞋子上就行了。

男生滑得显摆，女生看得眼馋。我妹妹要滑，被我给哄走了，虹虹抬了抬下巴，说让我滑滑，根本就不是商量的口气。

我立即就把冰板从脚上解下来，殷勤地帮助虹虹系上。妹妹在边上作鬼脸，我装作没看见。虹虹小心翼翼地走了几步，说，不行，冰板太大了。

回到家里，我量了妹妹的脚丫子，就找来木板用钢锯条截木板。妹妹很兴奋，中午吃饭一个劲往我碗里夹菜。我在冰上滑着，另一副冰板背在我身后，妹妹急得直嚷嚷。

我在等虹虹，虹虹来了，手里提着一双带着雪亮冰刀的真正的滑冰鞋，大家呼啦都围了过去。

我把身后背的冰板扔给了妹妹，回家。晚饭，妈妈表扬我，知道带妹妹了。

我烦死了。

学校要组织节目参加部队的文艺会演，安排我和丫丫演李玉和和李铁梅，安排阿飞和虹虹演杨子荣和小常宝。我不愿意，我不演李玉和，我要演杨子荣，我想和虹虹演，让我演坐山雕演栾平都行。

我找老师提要求，老师不同意。我就开始捣乱，排练故意忘词，唱跑调，还挖苦丫丫。丫丫气哭了，找老师告状。老师很生气，后果很严重，把我给拿下来了。老师果然让阿飞去演李玉和，去和丫丫对唱了，我就等着演杨子荣。

丫丫病了，发烧。老师让虹虹去接替丫丫演李铁梅。丫丫病好了，和我一起演杨子荣和小常宝。老师说，这回你满意了吧，好好排练。

我气得去找丫丫吵架，丫丫莫名其妙，说我怎么啦？

怎么了？你瞎病啥呀？！

部队的电影大都在露天放映。大操场，竖起两根杆子，撑起一块白色的银幕。

有电影的日子是快乐的日子。老早，就有人开始占座位了，书包、帽子、砖头都代表着一个人已经就位。

我早早就坐在一个砖头块上，盼着天快快暗下来。人头攒动时，我看到了左顾右盼的虹虹。虹虹肯定没有占到好的座位，她有些焦急，好的位子已经被挤得无处下脚。我起身就往军人服务社跑，气喘吁吁地要搬椅子。我妈妈奇怪了，这孩子从来都是坐砖头，今天讲究了。

我扛着椅子挤到虹虹身边，故意说，人不见了，椅子没人坐了。虹虹没有反映，我又故意说了一遍。前边有个女生朝虹虹招手，这里有个空位，快！虹虹一跳一绕地坐在了一块砖头上，那正是我刚才腾出来的位子。我那个气呀。

阿飞过来了，看到我的椅子空着，说咱俩坐。

我一脚踹在阿飞精瘦的屁股蛋上。那晚放的啥电影？小狗才记得呢！

虹虹咱巴结不上，拉倒。丫丫可是像我巴结虹虹那样巴结我。

举个例子，下雨，她把妈妈送来的伞给我用。再举个例子，丫丫悄悄地往我的座位兜里放苹果。学校宣传队到农村演节目，来去都是坐着拖拉机。

演出结束，天晚风凉，我带着军大衣。

丫丫说，哥哥咱俩盖大衣吧，冷。

我把大衣摊开了，丫丫说，阿飞你也过来吧，人多暖和。

三人盖着一个大衣在拖拉机的拖斗里颠簸，不一会，都睡着了。

大衣颠簸掉了，我竟然看见，阿飞和丫丫俩人手拉着手。

我不知道怎么了，眼泪就委屈地流下来。

我把大衣紧紧裹在自己身上，我冻死你们俩！

姗姗抱着饼干筒，圆圆的饼干飘着香味，馋得人闭着嘴都挡不住口水。

我说，姗姗，我给你变戏法。我从饼干筒里拿出一块饼干，你看，这是圆圆的太阳。姗姗点点头。我在饼干上咬了一口，看，它变成了弯弯的月亮。姗姗点点头。我实在忍不住，把饼干都塞进嘴里，月亮回家进洞洞了。

我又拿出一块饼干，姗姗，我给你变一座山。我在饼干上咬了两口，看，一座山。姗姗点点头。大山回家进洞洞了。我把饼干吃了。

姗姗真好骗，我高兴地回家了，姗姗哭了。

又一次，姗姗抱着饼干筒，飘着的香味让我腮帮子发酸，故伎重演。姗姗，我给你变戏法。

你会变什么戏法？姗姗紧紧揢着饼干筒。

我给你变个月亮。

姗姗从筒里找出个半圆的饼干举给我看，嘻嘻，我有——

我给你变个大山。

姗姗又从筒里找出咬过两口的饼干，嘻嘻，我有——

我还会……

你还会让它们进洞洞。我也会。姗姗把饼干塞进嘴里。姗姗说，我妈妈说，让我给你也变个戏法。

我咽着口水说，好，你变。变不成你就得让我吃一块饼干。

姗姗说，我就是不给你饼干吃，你就会从不哭变成哭了。姗姗抱着饼干筒走了。我号啕大哭，嘴巴咧得跟瓢似的，谁也哄不住。

分班，排座位。

老师说，按大小个排好，男生一排，女生一排。大家互相比量着个头，找到自己站立的位置。

我看中了虹虹，虹虹的辫子长，好看。我就往后面挪，和虹虹站在同一个位子上。我看着虹虹，笑了。虹虹看看我，扭过头，往后又挪了一位。

我也挪，看你往哪跑。

老师说，好了，现在每排的男生和女生拉起手，你们就是同桌了。

我拉起虹虹的手，得意地笑了。

虹虹甩开我的手说，老师，我不和流着鼻涕的男生坐一个位子。

我一听，赶紧用袖子抹了一下鼻子。老师看看我的个头，把我往前排挪了挪。

虹虹拉起了飞飞的手，我无奈地拉起姗姗的手。

姗姗哭着说，老师，我不和脸上流鼻涕的男生坐一个位子。

原来刚才袖子一抹，我把鼻涕都带到了腮帮子上。

课间，我找到踢毽子的虹虹说，你和飞飞好，女生和男生好，羞羞。

虹虹踢着毽子，看都不看我，走开，讨厌！我用老师的粉笔把虹虹的名字写到一棵白桦树上。我告诉虹虹，有人把你的名字写到了树上。

虹虹说，写就写呗，谁想写谁写。

我又把飞飞的名字写在了虹虹名字的旁边。虹虹，我看见有人把你和飞飞的名字写到一起了。

真的？在哪？

保证是真的，在操场边上的白桦树上。

虹虹果然跑过去看了，脸红红地说，谁这么讨厌。

我又找到虹虹，说，有人把咱俩的名字写在一块了。

虹虹骤地站起身，大声说，不可能。

真的，在大操场旁边的白桦树上。

虹虹撒腿就往操场跑，白桦树上果然写着虹虹和我的名字。

虹虹气哭了，谁这么流氓，呸，呸。一边用脚蹭着树上的字，一边哭着吐唾沫。虹虹走了，我跑过去一看，虹虹的名字还在，我的名字被蹭得稀里哗啦。

我难过得哭了，用小刀刮虹虹的名字，结果把虹虹的名字刻到白桦树上了。

上军训课，烈日如火，坐在操场上汗流浃背。我的书包里有妈妈给我带的一个大红苹果。我把苹果拿出来，又写了张纸条。我把苹果和纸条交给坐在我前排的同学，说往前传，传给前边第一个同学，苹果和纸条在同学们手中接力传递。

我看到苹果传到了第一排的虹虹手里，虹虹扭头往后看看，张口咬了苹果，我心里高兴极了。

第二天，虹虹没来训练。第三天，虹虹到了学校，四处打听是哪个同学送了她苹果。不是有纸条吗？那上面写有名字啊！

苹果传到虹虹手里时，纸条早不知被谁扔了。我心里沮丧透了。

虹虹问我，你知道那天是谁传给我的苹果吗？

我兴奋地说，你为什么要知道是谁送你的苹果？要感谢他吗？

虹虹狠狠地说，我找他算账！那苹果经过那么多人的手，带了多少细

菌啊，害得我拉了两天肚子，他成心害我啊！

我说，我不知道是谁，骗你我是小狗！

放学了，我安慰自己，我是属狗的，就是小狗，怎么地！

大院里新来了的一位大姐姐，大姐姐长得可好看，高高的个，长长的腿，走路一蹦一跳，脑后的马尾辫甩来甩去。大姐姐喜欢和女孩子们跳大绳，两个人抡起拇指粗的大绳，其余的人排起长队依次从绳中穿过，谁被绳子拌住就被罚去抡大绳。

我喜欢看大姐姐跳绳，男孩来找我去玩"攻城"游戏，我不去。他们说我爱和女生玩，流氓。我不理他们。

大姐姐跳出了汗，就从花格格上衣兜儿里掏出一块叠得四四方方的白手绢，轻轻地揩额头上的汗。我都是把汗和鼻涕一起贡献给自己的两只袖头，袖口蹭得黑亮。我想引起大姐姐的注意，故意从她身边跑来跑去。大姐姐根本没觉察到我的存在。想起来了，我刚刚学会了侧手翻斤斗。我开始在跳绳的女生旁边翻斤斗，一个接一个。有几个女生看到我了，大姐姐没看到。

我又转到大姐姐的对面继续翻，累得气喘吁吁。我看到大姐姐用手指把零落的头发往耳后捋捋，继续跳绳。我的斤斗就随着大姐姐的视线走。

头晕目眩，天旋地转，砰，身子打了几个滚就轱辘到大绳里了。

我终于引起了大姐姐的注意，听她问身边的女孩：这谁家的孩子？怎么这么讨厌！

妈妈惊奇地看着我头上的包，怎么回事？

我委屈地哭，说，你给我买个白手绢！

部队大院俱乐部前面是个足球场，我们称它为大操场。大操场四周长满了树，有柏树、有果树。果树挂果时，孩子们都爱去大操场玩。家长再三交代不能去摘公家的果子，可馋嘴的孩子管不住自己。午睡时是大人最少的时候，也是孩子们去大操场的最好时机。

我远远就看见大姐姐和一群女生在一棵大果树下踢毽子。我知道她们也想摘树上的果子，踢毽子只是作掩护。果然，她们开始想办法摘果子了，用根小棍敲打。我至今也没记住那是棵什么果树，树干灰黑，结的果子有玻璃球大，三五个一串，酸酸甜甜的。

女生打落了低处的几个果子后就望果兴叹了。我看到大姐姐仰头望着树上的果子，嘴里还喃喃地说，红的都在高处。我从没上过树，却不知哪来的勇气，自告奋勇地爬上了果树。诱人的果实都在"险峰"处，我骑在树枝上一点一点地靠近果实，摘下一串一串的果子抛到树下，红的、大的、我就抛给大姐姐。

我看到了大姐姐满足的笑，她还不时地给我指点着，右边，右下方那串，对对。左前方，头顶上，对。大姐姐的声音真好听。

我还兴致勃勃，女生已经吃够了，开始嚷着牙酸。不知道是谁说，该吹起床号了，走吧。女生嘻嘻哈哈就往家属院走，大姐姐就没再回头往树上看一眼。

我才知道自己陷入了多么糟糕的境地，我没法从树上下来。人走光了，我的裤子都被蹭破了，还是下不来。我就大喊大叫，结果纠察叔叔找梯子把我拽下来了。

叔叔把我交给我妈，我屁股上狠狠地挨了一脚，嘿嘿，不疼。

大操场的一端有沙坑，孩子们在沙坑堆沙堆，挖地道。大姐姐来了。拿了一根竹竿，把小孩子往沙坑外轰。学校开运动会，大姐姐参加跳高比赛。

大姐姐看着一群小孩，说谁来举杆子？

我高高地举起了手。我和飞飞被选中擎竿。

大姐调整了一个高度，就这样端着，别动。

大姐姐跳了一次，没过。又跳了一次，还没过。大姐姐皱了眉头。

第三次，大姐姐跳过去了。我讨好拍手。

飞飞告状说我故意把杆子放低了。大姐姐很生气地拨拉着我的头，捣什么乱。去一边，换个人来。

我砸了飞飞家的玻璃。

大姐姐被挑选参加部队的文艺宣传队，和一群当兵的唱歌跳舞，我放学就到俱乐部去看大姐姐的排练。

大姐姐唱不好一段曲子，当宣传队队长的叔叔在说大姐姐，大姐姐哭了。

我也难受，回家不吃饭。我就找茬整我们班的阿飞，我是班长，我有权。

我罚他扫地、打水、倒灰，阿飞不服，不服就揍他。阿飞的爸爸带着阿飞来我家告状，阿飞的爸爸是宣传队队长。

大姐姐要和宣传队下部队演出，叔叔阿姨在往车上装道具，大姐姐站在一棵榕树下，榕树开满了像小扇子一样粉红色的花。

大姐姐坐车走了，我每天放学都到大姐姐站过的那棵榕树下盼她回来。

有一天，放学后，我找不到那棵榕树了，到处都是新挖的坑。

爸爸回家，说参加了义务劳动，把俱乐部前面的树都移走了，要扩建修路。

晚饭后，爸爸说要继续给我讲故事，我捂着耳朵大声说，我不听！

远远就见大姐姐和几个女生有说有笑，刚刚下过雨的大操场留下一洼一洼的浅水。天很蓝，云很白。水中有蓝天和白云的影子。

大姐姐小心翼翼地踮着脚尖绕过水洼。

我觉得自己表演的机会来了。我刚刚参加了学校的运动会，获得小学组跳远第一名。我瞅准了个好机会，大姐姐正好走到一片水洼前。

我噌噌奔跑过去，腾地跃起，从水洼上一跃而过。我听到了女生"哇"的惊叹声。我忽略了脚下的路还很滑，落地后，整个后背贴着地皮就滑出去了。

在女生嘻嘻哈哈的笑声中，我听到大姐姐说，跃起的一霎还挺潇洒。我脸臊得通红，爬起来就跑，不让大姐姐看出我是谁！

大姐姐参军了，绿军装，大红花，真好看。我们学校扭秧歌欢送。我扭得最欢。在大姐姐的那辆车前，我扭着秧歌不走。后面的飞飞催我，我还不走。他就推我。我摔倒了。

大姐姐笑了，还和我挥挥手。我心里那个美啊！真感谢把我推倒的飞飞。回到家，洗完脸照镜子，

忽然想起，我戴着大头娃娃面罩扭秧歌，大姐姐根本就看不到我。我再也见不到大姐姐了，才发现自己的腿也蹭破皮了，我转身找推倒我的飞飞算账去！

朋友啊朋友

我是在一次笔会上和贾兴认识的。我正在会务组填写报到簿，贾兴一听到我的名字，就如一辆笨重的坦克向我扑来。

"老刘啊，你好啊，久闻大名，心仪已久，一见如故啊，老朋友。"

我被他粗壮的双臂箍得紧紧的，他那生猛海鲜般的胡碴子脸还贴在了我的腮帮子上。四十好几了，我还从没有跟个大老爷们如此亲密过，浑身不得劲，后背到屁股根都觉得发麻出鸡皮疙瘩。

贾兴对招呼签到的人说："把我们俩安排到一屋，我们痛痛快快地聊聊。"

贾兴长得五大三粗，整个一个圆。走路时先要摆两下手臂，否则就发动不起来。这副模样实在是和文字联系不到一块，偏偏他也写小说。有几次，我和他的小说发在同一期杂志上，这次应邀来参加笔会也是因为我俩又在《烂漫》杂志上同时发表了中篇小说。

三天的笔会，我几乎被贾兴给承包了。被人承包的滋味是很难受的，像被劫持一般。傍晚，我去跟一位从前笔会上认识的关系有点暧昧的女友约会，他也跟着，弄得我连想搞点小资情调的机会都没有。在会上，贾兴逢人就说，我和老刘是老朋友了，连我老婆和儿子都知道他，我们俩的作品常在一起发，缘分啊！

笔会结束后，贾兴意犹未尽。我客套地说，要不跟我去洛阳玩几天？贾兴乐了，我就等着你邀请我哪，这儿离洛阳也不算太远。我跟你去，你的洛阳朋友算是长脸了，你接待的好歹也是个知名作家啊。

贾兴跟着我到了洛阳。我陪他游了龙门、白马寺，吃了洛阳水席、浆面条。分别时，他眼圈发红，说我够朋友。他那胡碴子脸就又让我起了回鸡皮疙瘩，真受不了。贾兴说："朋友，有机会到我那去啊，我请你品尝大龙虾，还有海鲜一样鲜美的漂亮妹妹。我知道，这次开会我耽误你会情人了，哈哈哈。"火车开动了，他还探出头可着嗓门喊："你一定来啊，不然我可跟你急！"

其实，笔会上热热闹闹、嘻嘻哈哈，过后新鲜劲也就风吹云般消散，谁也不会把几天笔会上承诺的事太当真。贾兴可不这样，每个月都要给我打一次电话，正经不正经的东拉西扯一番，挂线时总要强调一句："朋友，有机会来玩啊！"我也打着哈哈说一定一定。

事有凑巧，半年之后，单位还真把我派到贾兴所在的城市办事。公事很快就办利索，剩下的时间就是游山玩水。原本不打算跟贾兴联系，自己转转省事还自在。可是来了一趟滨海，如果不同贾兴见一见，日后他知道了肯定会不高兴。我便拨通了贾兴的手机，电话里传出贾兴咋咋呼呼的声音："喂，朋友，你想起给我打电话了，泡情人泡腻了吧？最近可没见你发表什么东西啊。喂，朋友，你在哪？"

我说，远在天边，近在眼前啊。

"什么什么？你来滨海市了？"

我说，是呀，来品尝你的大龙虾和海鲜妹妹啊。

电话里的贾兴迟疑了一下："咳，朋友，太不巧了，我刚好出差在外地。你在滨海能待几天？"

我说，两天，星期二就得回去。票都订好了。

贾兴嗓门又高了："不行，朋友！你等到星期三，我星期三无论如何赶回去，咱哥俩得喝一杯。"

我说，你别管我了，忙活你自己的事吧，有机会我再来。

我又给滨海报社的一位朋友打电话，这位朋友听我说贾兴出差了，说不可能啊，上午还见他来报社送过稿子呢。

我有了些别扭。

贾兴每天上午和下午都要来电话，问我都去哪玩了，吃什么好东西了，并热情地给我推荐游玩的地点，还说去了之后呢就找谁谁谁，就说你是我贾兴的朋友，他们不敢不给面子的。

星期二上午，我正躺在宾馆房间的床上看新闻。

贾兴又来电话："喂，朋友，你在哪？"

我忽然就坏坏地说，贾兴啊，我已经在回洛阳的火车上了。

电话里的贾兴急了："喂，老刘，你不够意思嘛，说好了你等到星期三啊！我就怕你着急，事没办完就提前赶回来了，刚刚下飞机，正在回城的路上。中午的饭我都订好了，海天大酒楼噢。老板是我哥们，专程给搞的新鲜的龙虾啊，你这不是害我嘛。"

我说，哈哈，我和你开玩笑呢。没见你，我怎么能走啊。我就在迎宾馆328房间等你哪。

电话里的贾兴声调又低了："啊？啊，那好那好。一个小时之后，我们不见不散啊！"

我忽然觉得自己挺没意思，干吗嘛，两人一见面反而会失去更多的东西。

我打了车直接去了车站。

北上的列车缓缓启动了，我的手机又响了。

贾兴真的急了："喂，我就在迎宾馆门口，朋友，你在哪？"

从贾兴那里回到洛阳，觉得此行挺有意思。正好有家杂志社来约稿，我就把去会贾兴的事加工成一篇小说投寄过去。杂志社很快就编发用了。原想这家不是很有名的期刊，不会有多少人关注。偏偏这篇小说上了小说学会的排行榜。消息出来，我感觉和贾兴的交情恐怕要到此为止了。想想也是，把朋友之间的事抖搂出来赚银子捞名利，也确实有些不仗义。

没有想到，我接到的第一个祝贺电话竟然是贾兴打来的。他的嗓门震得电话发抖，离着两米远都能听得他的声音："老刘啊，恭喜你上榜啊。我很荣幸成为你文中的典型人物啊。我真的有那么虚伪吗？"我有些措手不及，想解释又找不出合适的理由："老贾，其实我只是……"贾兴打断了我的话："行了，哥们。我不在意，哈哈，谁让我们是朋友啊。算你给我做了一次免费宣传吧。不过，这篇我是不敢让我老婆看到的，那样你在她心目中的形象就如同她去商场买衣服，不打折才怪。"

我为一家杂志社划拉个中篇小说，交稿的日期快到，可我只开了个头就磕绊住了。我写东西向来不会一气呵成，写不下去心情烦闷就到网上去溜达。我在网上和一个叫阿飘的Q上了。阿飘听说我是作家，仰慕得心焦，并暗示我，她是个很主动的人。阿飘传来了她的玉照，妩媚娇人。我决定去会会阿飘，她还和贾兴在一个城市。动身之前，我还是先给贾兴打了个电话，免得日后再落下啥话柄，我希望还和上次一样，贾兴如果再客套，那就正好，反正我也不是冲着他去的。拨通了贾兴的电话，贾兴显得异常兴奋："好啊好啊，老刘啊，还是信得过哥们嘛。我到车站接你，不见不散。"

　　我在车上设计了好几套和阿飘相会的方案，甚至设计好了台词，还有更隐秘的细节。出了车站，我就听到贾兴的大嗓门，紧随着就是他胡子拉碴的脸贴在我的面颊上。"走走走，住处我都给你安排好了。"贾兴拦住一辆面的，左拐右转地到了一家门面简陋的招待所。

　　"听说你要来，我转了一下午，就这家招待所价格便宜。"

　　我想告诉贾兴，我也是假公济私，这趟差是可以报销的。再说，这样的招待所和阿飘会面也不体面啊！

　　贾兴说："其实出来玩关键是玩得痛快，眼睛一闭睡哪都一样。不用花冤枉钱。老刘哇，时间还早，你在屋里洗洗，迷糊一下。六点钟我们准时吃饭。"说完，贾兴的体积就从屋里消失了，房间立时显得宽敞了不少。

　　六点整，听到了贾兴的大嗓门："老刘啊，我在楼下等你，吃海鲜去。"

　　贾兴说，吃海鲜就吃大排档，不仅仅是实惠，还真鲜。高级酒店里纯粹是吃价钱，没意思。

　　大排档靠近海边，贾兴还带了一位女朋友，长得粗黑威猛，像是练柔道的。贾兴介绍说："她叫阿娇，是你的崇拜者啊。"又附在我的耳边小

声说："我的红颜知己。"阿娇的一双厚手攥得我直咧嘴。我想，也就贾兴这体材能经得住阿娇。贾兴又凑到我的耳边说，好男一身毛，好女一身膘呵。嘿嘿，棒着那。

菜还没上，贾兴就自饮了三杯酒："这是我自罚的。上次没有亲自接待。"贾兴又倒满三杯："老刘，上次虽然没能接待你，却成全了一篇好作品。这三杯，你该不该喝？"

有啥说的，我更该罚。喝！

贾兴对阿娇说："你崇拜的大作家就在你面前了，机不可失啊。"阿娇也和贾兴一样，自己先干了三杯，然后给我满上三杯。我说我确实不胜酒力，能不能少喝点。阿娇不愿意："刘老师是看不起我了。我可是看着你的小说长大的，老师不喝，我喝！"阿娇把放我桌子前的三杯酒又端着喝尽。又倒上三杯，逼上梁山了，我也只得挺着脖子喝下三杯酒。记不得后面的事了，好像上了一条什么鱼，我就醉得意识模糊，怎么回到旅馆的都不知道。

第二天，贾兴把我从床上拉起来，我的头还一乍一乍的疼。

我还惦记着和阿飘的约会，就对贾兴说："你也挺忙的，今天我就自己转转。"贾兴忽闪着大手："不行不行，项目我都安排好了。我和阿娇是陪吃陪玩陪游，三陪到底了。"不由分说，贾兴就把我塞进了面包车。

我借着去洗手间的机会给阿飘发了个短信，告诉她我已经到了她的身边，只是被朋友热情所劫持，正无可奈何的转景点。明天抽出机会我就去看你。阿飘回信说，期待与你飘飘然。

贾兴把时间安排得很紧凑，景点一个接着一个，好像今天不看明天就会消失。为了赶点，我们午饭也简单，面包火腿矿泉水。从景山公园出来，我们都感到累了，坐在石凳上闲扯。贾兴看看表，说："老刘啊，看得怎么样，我这的名胜古迹我可是都带你看了一遍。"我说："累是累点，可玩得很高兴。老贾，辛苦你了。"贾兴仰着脖子往嘴里灌矿泉水："说什么哪，谁让我们是朋友啊。老刘啊，你来得时间短了点，要是多待几天，我带你到郊区看几个景点。"

我看着贾兴，没有明白贾兴说话的意思，我并没有准备离开啊！

贾兴拍拍手，提起我的手包，说："从这到洛阳就一趟车，旅游季节票不好买。还是阿娇在车站的朋友帮忙才买到的票，四点二十发车，还有二十分钟。我们走吧，去车站。"

我被稀里糊涂送到了车站。贾兴递给我一袋水果，说："老刘啊，谢谢你来看我。我就不送你了。"

"老贾，你太热情了，让我有些受不了。其实我还想再……"

贾兴把我推上了车："快回去陪嫂子吧。有机会再来啊，来了一定和我联系。谁让咱们是朋友哪。"

北上的车缓缓启动了。

朋友这事挺奇怪的，冷淡了不行，过分热情了也让人受不了，感觉都掺杂些虚伪。贾兴算哪一号的我是被搞糊涂了。

去年夏天，绿水杂志社在半岛开笔会，我又见到了贾兴。故伎重演，他愣是把我的同屋给调换了，又和我住在一起。

半岛笔会的第二天，贾兴要招呼几个朋友出去走走聚聚。我说人家报社花钱让咱们来开笔会，半途溜号不太好。总得给人家撑撑门面，散会再聚也不晚嘛。贾兴嗓门加大了，说散会就人心思散了，急着回家会老婆的，跟女相好私会的，哪还有心哥们聚会啊。别啰嗦了，走吧我请客。

扭不过他，我悄悄叫了几个要好的朋友在专家授课的时候溜号了。

贾兴显得十分兴奋，一出门就嚷嚷，今天所有的开销都有我打发了，不就是多写两部中篇的稿费嘛。谁也别跟我抢，谁抢我和谁急啊！

半岛依山傍海，风景秀丽。最漂亮的地方就是海边。大家沿着海边

漫无目的的转悠，编撰着并不属于自己的风雅韵事，嘻嘻哈哈的像一群孩子。

小岛海鲜馆坐落在海湾的尽头，依着峭壁搭建，扶梯而上。坐在窗边，脚下海浪拍岸，放眼海天相接。个头不高，头上秃的没有几根毛的任编辑和贾兴同一个城市，在晚报做副刊编辑，满嘴的黄段子，也不顾及身边的女同胞。任编辑接过菜单说，我来点菜，你们来自内地，不知道海鲜的吃法。任编辑把参鱼蟹虾都点全了，还要了一瓶店里最好的白酒。我看贾兴的脸面都有些不自然了，任编辑也够损的了，边点菜边说，这还不够一篇中篇小说的稿费哪。

八个凉菜上齐，贾兴端起酒杯说，大家今天聚在一起也不容易。我先干为敬。贾兴一仰脖子，酒杯干了。大家端起酒杯意思了一下，都等着吃海鲜那。贾兴也不计较，又倒满杯，今天还有漂亮的妹妹赏脸，我贾兴高兴。先干为敬。大嘴一张，酒又干了。大家嘴里叫好，够意思。手中的筷子都伸向红烧海参。

贾兴逐个敬酒，喝得都很豪爽，荡气回肠。

贾兴把酒瓶放到任编辑的跟前，老任，这几年你也给了我不少照应。今天我做东，你也算半个东道主，你也给大家敬个酒嘛。

任编辑说，可不，老贾取得的点名声都是晚报给鼓吹出去的。我们市里文人相轻恶毒着那，想发个个人的消息比他妈的跟老婆离婚还难。每次都是我据理力争，把主任都得罪了。老贾，你说是不是？

贾兴说，一点儿都不夸张。我也是心存感激啊。你送大家一圈，有情意就行，你喝不了，我替。

酒这玩意也不是个啥好东西。饭桌上没有它显得冷清，不热闹，有了它又推来让去的谁也不愿多喝。贾兴是来者不拒，你好我好。很快，一瓶酒就"酒干淌卖无"了。大家津津有味地品尝最后一道海胆汤时，贾兴不知道啥时候已经醉得不省人事了。

酒足饭饱，买单的人醉深了，一桌子的人都有些尴尬了，喊喊贾兴，贾兴呼噜着没有醒过来的意思。等了一会儿还是没有什么动静，大家开始埋怨，不该让贾兴喝那么多。尤其是老任，耍赖奸猾，有一半的酒都是贾兴替喝了，不够意思嘛。任编辑自觉理亏，苦笑着说，贾兴这家伙在市里就没少坑我。还指望出来宰他一把呢，行了，我自作自受。任编辑把账结了。

大家搀扶着贾兴艰难走下酒楼，贾兴嘴里还含混不清地嘟噜说，我来我来，谁也不能跟我抢，我，我买单。

贾兴醉成一摊烂泥，也走不安生，大家就近坐在一片沙滩上，贾兴躺在沙滩上酣畅地睡了。几个女士对海边的小石头有了兴趣，大家都点头哈腰地帮着张罗。贾兴清醒过来，大家帮着两个女士拣的石子都堆成小山了。夕阳把遥远的海际图得灿烂辉煌。

贾兴不好意思地说，喝高了，喝高了。

任编辑的气还没有平衡，说，不能便宜了你，你得补请。晚饭你打发了。

贾兴拍着胸脯，那还用说，我负荆请罪，吃什么尽管说。

女作家想吃辣，大家进的是一家湖北菜馆。任编辑拿起菜单，刚开口说，除了人鞭不要，其他的鞭都要。贾兴就从任编辑的手里抢过菜单，递给身边的女作家，请女士点菜，女士优先。女作家点了六个菜，一道汤。

贾兴问，还要不要再来瓶酒？大家连忙摆手，不喝不喝了。

贾兴专门问任编辑，真的不喝了？

任编辑说，怎么，还想让我打发账啊？

贾兴中午兴许是没有吃好，晚上他的胃口特别好，每道菜都几乎被他扫掉一半。吃得大家那个羡慕啊。任编辑揶揄地说，老贾，悠着点，吃自家的饭还这么用工啊。贾兴满不在乎用餐巾纸擦着油乎乎的嘴，说这家菜做得地道啊！好吃。还要点啥不？吃好没有？不要啥我买单了啊。

大家收拾好东西准备离席，就听到吧台传来贾兴粗嗓门的争吵声。

原来贾兴非要人家店主给打五折，店主不同意。

贾兴就急了，说这个菜味道不够，那个菜盐放重了，卫生条件也不地道，打五折都是高看了。不给打折就不给你结账。告诉你，我可是作家，小心我臭你。店主不乐意，你们作家也得讲道理哦，一共就两百块钱哦。吃不起饭啊！

女作家觉得面子有些挂不住，说算了算了。自己把饭钱给了店主。贾兴还要从店主手中夺钱，大家连拉带扯地把嗓门越来越大的贾兴架出了饭店。

贾兴呼哧呼哧地喘着粗气，埋怨女作家，你不该给他付钱的，不能迁就他们这种不尊重消费者的行径。

贾兴弄得大家都挺没意思，气氛不太和谐。正好，广场上露天舞场乐曲悠扬。我建议，大家去疯狂一把。一帮人就涌了进去。

舞了一身臭汗，直到散场，大家还意犹未尽。

女作家说，一阵子群魔乱舞，肚子还有点儿空了。

贾兴说，吃夜宵，吃夜宵。贾兴把大家招呼到路边的小吃摊前，一人一碗米酒汤圆。贾兴掏出十元钱，我来我来，谁也别和我争。

贾兴满脸的精气神，回到宾馆躺在床上还说，老刘哇，这一天玩得就那碗汤圆最有滋味。

我假装睡着了，明天还不知道朋友怎么骂我呢。

半岛笔会结束后，我和贾兴就极少联系了。

三月天，第一场春雨光临了干旱整冬的洛城。淅淅沥沥的细雨声中，贾兴打来了电话。贾兴在电话里传出的声音很沮丧，音质没有了往日的震撼，有些嘶哑，像是裂了缝的铜锣，总有点儿岔音裂调。

老刘哇，我跟你说，老刘，这世上啥最难找？朋友，你知道吗？朋友。我是有切身体会了。老刘哇，你说你的朋友多不多？

我说，不算多吧，也有一些。

你知道的，我刚搬了新家不久，你不知道？我没告诉过你吗？我搬到新奇小区告诉了所有的朋友了。你要是再来我这里，就可以住在我家里了。带着你的老婆都行。

我说，那得恭贺你了。你得请客啊！

我请了。你知道，我爱交朋友。为了庆贺乔迁，我在怡红院大酒店摆了十桌筵席，请了所有的朋友。那个场面，可惜你没来，气派。我这个人就爱交朋友，请客那天热闹啊，朋友都喝了个淋漓尽致，有一半人都喝吐了，有一半人都是躺着出去的。朋友铁不铁，喝得胃出血。临行时个个都拉着我的手不放，说我够朋友，以后有啥事，说一声，为朋友，两肋插刀，肋插两刀都在所不辞。我搬新家了，没有告诉你吗？老刘啊，你离我这千里之遥，告诉了你，你也不会来的，你不会怪我吧？咱们是朋友，不会计较的，对吧？

老刘哇，我搬的新房三室两厅，两卫的，宽敞。在我这儿，能在这样的地段住这样的房子，那也得是中产阶级才行。几乎倾尽了我的全部积蓄。我买的房子是一楼，一楼的房价比三四楼便宜好几个系数呢。再说了，年纪慢慢老了，买米买面，搬个煤气罐什么的不也方便省力吗？你不知道，每次我看到住我楼上的人吭哧吭哧地往上扛东西，我心里就解气啊。当然了，住一楼就是脏了点，常言说，一楼脏，二楼乱，三楼四楼住高干，五楼六楼没法办，七楼住着大傻蛋。最他娘的让人头痛的是，一楼的下水道常常被堵，家里常常是水漫金山，尤其是周六周日，谁家要是洗衣服，就从我家那洗手间的地漏里往上翻那皂沫子，堆得跟个小雪山似的。

我说，老贾，有失有得，利弊均衡嘛。

老刘哇，咳，利没有享受多少，弊可害苦了我。上个周末，我家的地

漏又莫名其妙地堵塞了，咕嘟咕嘟往上翻污水，光那皮碗我都捣鼓坏了仨也没能疏通。到院里一看，是我那门口的污水道堵了，污水从窨井盖的窟窿里往外翻水。

我说，老贾，你那中产阶级的公寓也是掺假的吧。

谁说不是啊。买房子时，他们吹得天花乱坠，住进来是他妈的七零八碎。我气坏了，去找物业公司。物业公司的人说，下水道部分开发商还没有移交给物业公司，让我去找开发商。我找了开发商，开发商说开什么国际玩笑，整个小区都移交完了，还有下水道不移交的道理吗？还是让我找物业公司。两家扯皮，我家可他妈遭殃了，抗洪抢险啊，筑堤筑坝，阻止污水往客厅卧室里进犯。我媳妇把我骂得是狗血喷头啊！说都是我这猪脑子，当初她主张买二楼，是我坚持买一楼的，这下好了，买了个洗澡堂子。

我忍不住笑了，贾兴在电话里叹口气，我立马忍住了笑。

老刘哇，你是没见到当时那个惨象。眼看着那污水渗过障碍物，浸入家中刚铺好的好船长木地板，媳妇心疼得眼泪都下来了，指着我的鼻子说，你平日里那么多的狐朋狗友，找找他们帮帮忙啊。媳妇这一提醒，我激灵过来了，抱着电话找朋友帮忙。咱朋友多啊！

我说，你找晚报的任编辑啊，让他给呼吁呼吁。

贾兴说，远水解不了近渴。再说，上次开笔会让他买单了，到现在还记恨着呐。我给他了几篇随笔，一篇也没给发。我不找他，找老马。老马，每次喝酒都是我最铁的酒友，我俩人不放倒一个就不算完。拨通了老马的电话，老马说，他再找找朋友，让朋友找找开发商的老总，要理论理论这事。他放下电话就没了消息。我家的污水还是在肆意泛滥啊。我接着找老牛。老牛脾气大，只要有饭局，老牛就到场，喝多了就搂着我哭，说只有我是他最好的哥们。听了我的遭遇后，他在电话里火冒三丈，说，哥，他们明摆着欺负人啊！你说吧，咱先收拾谁，是卸他的胳膊还是卸他的腿。老刘你听听，我现在是疏通下水管道，又不是找人打架，这不是更添乱吗？我找老杨，老杨好脾气啊，听了我的情况，在电话里认认真真仔仔细细地给我念物业管理规定，开发商手册，然后分析第一步该怎样做，第二步该怎样做，一步二步做不成又该怎样做。

我又忍不住笑了，老贾你别在意，你讲得太投入了，太精彩了。

贾兴说，我老婆已经在客厅里大喊大叫了，我这电话打了一串没一个能解决问题。老刘哇，你猜猜这个问题最后怎么解决了？

我说，打110了？

No，我怎么能麻烦人家警察叔叔哦。就在我们两口子要爆发口水大战的时刻，我们小区收发室的朱师傅来给我送邮件。朱师傅一见到这情况，二话不说，掀起了窨井盖，扑通一声就跳了下去，蹲在没了腰的污水里，用双手往外掏脏物啊。这小区的人也真够缺德的，什么玩意都往下水道里扔，朱师傅足足在污水里掏了半个多小时，掏出的脏东西能拉半个平板车。天还冷啊，才三月份，朱师傅的脸都发青了。我媳妇，给朱师傅端了碗热汤，流着泪连声感谢啊！朱师傅说啥？他说别说客气话，我和贾兴是朋友，有啥事，尽管说。

我也被感动了，说朱师傅真够朋友。

贾兴说，老刘哇，我想来想去，也想不出我和朱师傅有啥交情。没吃过饭，没喝过酒，互相也没给谁办过啥事。后来我琢磨过来，是在去年十一，单位发了一箱橙子，奇酸，家里没人吃。眼瞅着橙子要变蔫了，媳妇说扔了算了。我就顺手带到门岗给了朱师傅，人家还常给我送书信的。我们也就扯过几句闲谈。

老刘哇，经过这事我发现，我身边有一大堆的熟人，竟然没有朋友啊。你数数你身边的人，到底有几个是可以交心的朋友？都是熟人，没朋友！老刘哇，咱俩是朋友，对不对？我把你当朋友才对你说这些的，你说，我们是你朋友吗？

我握着电话，竟然不知道该怎样回答。

贾兴还在问：老刘哇，我们是朋友吧？

汉子牛五

老街像被人随意丢弃的一节麻绳，弯弯曲曲又错落有致地卧在伊河岸边。老街盛于明清，兴于何时已无人记得。老街不宽，三丈有余，却蜿蜒十里。逢集过节，街道上人群拥挤，远远望去，整条街就像一条扭动的蛇。老街两旁店铺挨着店铺，老街的人历代以经营店铺为生计，家家户户日子殷惠。老街人固守着小富即安的传统，自古宁愿捐款捐物也不放男人外出当兵做官，因此当地流传一句俗语：老街有男人无汉子。

牛五在清晨薄雾中踩着青石板，从老街南头的葫芦大院向街中的钟鼓楼走来。老街钟鼓楼建于明万历四十二年，清顺治十三年和乾隆十年曾两次重修。钟鼓楼是用以报时和报更之楼，晨钟暮鼓。钟鼓楼所悬挂的大钟与距其30里外的名寺白马寺所悬挂的大钟同时铸造，因铸造参数相同而产生共鸣，有了"东边撞钟西边响，西边撞钟东边鸣"的奇特景观。在老街与钟鼓楼同样齐名的是距钟鼓楼百米开外的"马老大家羊肉汤馆"。据说马家羊肉汤馆的创始人就是明朝时在钟鼓楼打更的一个马姓更夫，因有一手烹汤的手艺，就在钟鼓楼下开了一汤馆，生意甚火。到了改革开放的年代，马家后人扩大经营，弟兄5个便分了家，所分的财产就是一锅老汤。弟兄5人轮流一瓢汤，马老大就因多舀了一瓢老汤的缘故，汤味就比其他兄弟的好，居住在城里的男女老少，几乎没有人没去品尝过马老大家的羊肉汤。牛五总是踩着点赶到汤馆，翻着热气的大铁锅刚好肉烂汤肥。牛五是一碗肥汤，两个火烧馍泡进去，碗面上漂着一层红红的辣椒油。牛五一边摇头晃脑地吹着一边顺着碗沿呼噜呼噜地喝着，喝下多半碗汤，再让老板把碗填满，碗中的馍正好泡透。肥汤下肚，热气往脸上窜，额头便渗出细汗。牛五惬意地抹抹嘴，伸伸双臂。此时太阳正好担在钟鼓楼的檐角。

牛五踩着青石板回到院中，嫂子正在牛五的屋里收拾东西。

牛五说，嫂子，以后我的屋子自己收拾，你就别替我忙活了。

嫂子说，五子，你退伍回来3个月了，该出去找点事做啊。瞧瞧你，除了把被子叠得跟豆腐块似的，其他还是一团糟。五子，你该谈个女朋友了。

牛五低着头，不说话。牛五脾气倔，就听嫂子的话。牛五六岁时就失去了双亲，跟着哥哥屁股后面提溜大的。哥哥和牛五长得大相径庭，哥哥英俊秀气，高高的个头，白白的皮肤。哥在剧团里唱戏，惹得剧团里的年轻姑娘魂不守舍。牛五五短身材，皮肤糙黑，虎头虎脑。牛五常跟着哥哥去剧团看排戏，有时看着看着就睡着了，排戏的场子是几间废旧的仓库，冬天也没个取暖设备，玩累的牛五就在锵锵的锣鼓声和咿咿呀呀的戏曲声中酣酣睡去。牛五醒来时就会发现自己身上盖着一件绿色军大衣，身边坐着个长得甜甜的姐姐。姐姐端着一个大大的掉了瓷的大白缸子，缸子里是热气腾腾的红枣和冰糖水。牛五咕咚地喝下一大半，姐姐示意牛五把剩下的送给哥哥。牛五就认识了后来成为自己嫂子的姐姐。牛五不喜欢看文戏，听到大段大段的戏词就犯困。牛五爱看武打戏，尤其是看着演员翻出让人眼花缭乱的筋斗，他就按捺不住，也学着人家在地上打滚，弄得一身土灰。嫂子就在炉子上烧了开水，把牛五脱个精光，按在白铁皮打成的大盆子里，舒舒服服地泡一阵子。

牛五十岁那年，看了电影《少林寺》，缠着哥哥要去少林上武术学校。哥不同意，得花钱，哥正筹钱准备和嫂子结婚。嫂子支持牛五去武术学校，嫂子说咱俩人常年在外奔波演出，把五子总托付给邻居也不是个长事。他喜欢学武术就让他学，没准再学成个李连杰呢。嫂子硬是推迟了婚期，把牛五送到了武术学校。武术学校的条件也不是太好，没有室内的训练场，也是为了招惹游人的眼球，训练都是在门前操场上，摸爬滚打，学员身上常常青一块紫一块。牛五是年龄最小的，还经常受到大学员的故意欺负，牛五都咬牙忍着。嫂子只要从外地演出回到老街，都要驱车两个多小时赶到武校看望牛五，带上几样好吃的，鞋、衣服。嫂子把牛五浸着汗渍的衣物统统洗干净，晾晒好。陪着牛五待上一天，赶着最后一班车回到老街。那年冬天，嫂子戴着新买的羽绒衣赶到武校，看到牛五的一双小手已经冻裂了口子，嫂子心疼，泪像断了线的珠子刷啦刷啦往下流，嫂子也不顾屋里还有别的学员，抓住牛五的一双手就塞进自己的怀里，五子的两只小手就被嫂子紧紧地按在自己的身上。牛五咬着嘴唇，眼泪大颗大颗地洒在嫂子的手臂上。

嫂子说，五子，马家羊肉馆的老板想让你去帮帮忙，都是几辈的老街坊了。听说，街上有几个痞子最近总去找茬。

牛五说，嫂子，我不去。我是给军区司令员做过警卫员的，哪能给他去看家护院，首长知道会不高兴的。

嫂子说，咋的，给司令员做过警卫，就会有人八抬大轿来请你?

还真有人来请牛五。宏发公司金老板是做电料生意发大的，专程到葫芦大院找牛五。

牛五，你真是给军区首长干过警卫?

那还用说!

擒拿格斗、少林、太级都会?

那还用说!

酒量咋样？

那还用说！

好，跟我干，月薪两千。

金老板的生意也不忙，平日零打碎敲，主要靠揽大宗生意。周末，金老板急匆匆地叫上牛五，说揽了笔大买卖。这次一定要把宋处长打发好，他就爱喝酒，喝痛快了，单就签了。三百万啊，够咱吃一年了。牛五拍拍胸脯，那还用说。

老街水席远近闻名，大凡来开会旅游观光的都会慕名到老街品尝水席。老街水席始于唐朝，因上菜是一道一道往桌上端，吃完一盘撤下去再上另一盘，如行云流水一般，而且几乎道道菜都带汤，干稀有致汤随菜走，故此得名。

一张八仙桌，四人各居一端；一瓶"杜康酒"分成四杯。金老板微微笑着说，宋处长远道而来给我带来了财运。去年到贵府被你灌得找不到北，告别时拉开了你家的立柜门，哈哈哈。今天我可是来还愿的。

宋处长兴致勃勃地说：怎么，带着保镖壮胆啊！不就是四瓶杜康嘛，来！

金老板对牛五说，五子，喝！

牛五说，老板，那不行，我不能空着肚子喝酒。

金老板说，好先上盘蒸馍，韭黄炒肉丝，让我这小兄弟垫巴垫巴。

牛五说，再加五块豆腐乳。

馍菜端上。牛五拿起一个蒸馍从中间掰开，熟练地夹起一块豆腐乳放上，用筷子一捻，便将整块豆腐乳薄薄的均匀的摊在馍里面，再加进韭黄肉丝，大口大口地吞嚼。很快五个馍就没了踪迹。客人看得眼都直了，好胃口，好胃口。

五子，饱了没？

老板，饱了。

好，把酒干了。

那不行啊，我吃饱了是不喝酒的。

金老板嘴都气歪了，饿了你不喝饱了你也不喝，你啥时候喝？

牛五说，部队不准喝酒的，要关禁闭的。

金老板火了，你滚，你给我滚！

老板，我不能走。你干，醉了我背你回家。

金老板喝得醉成一摊烂泥，还真是牛五把他背上五楼的家。

牛五回到家，已是后半夜，看到院子里的东西，是哥回来了。牛五轻手轻脚地洗漱完，也没开灯，回到屋里躺下。

牛五感觉到哥嫂的关系不如从前了。剧团承包后，负责管理服装的嫂子就下岗回家了。哥还在跟着剧团出去唱，听说和承包人小艳整天混在一起。牛五回来三个多月了，哥也就回来过几次，嫂子还是跑前跑后的，哥却显得不冷不热。

牛五大清早把又要外出演出的哥堵在屋里，瓮声瓮气地说，哥，你可不能做对不起嫂子的事。哥收拾着东西，说，干好你自己的事吧，我的事还轮不到你管。哥提着箱子往门外走，用手推了一下堵在门口的五子，竟然没有推动。五子双手掬住哥的双只胳膊一转身，哥就由屋里站到了门外，五子说，哥，你要是对不住嫂子，我可不客气。哥怔了怔，伸伸脖子说，还反了你了。虎着脸走了。

一宗买卖没有谈成，金老板气得躺了两天。找了个借口，提拔牛五作保卫部经理，实际是打发牛五去公司门岗做了警卫。牛五毫无怨言，做了警卫的牛五每天也神气得雄赳赳气昂昂。

一天凌晨，一个打扮妖艳的女人从公司楼里出来，唤牛五开门。

牛五说，公司有规定，为保安全，每晚十一点到次日早晨六点半，没有特殊情况不得开门。请你再等九十分钟。

女人讥讽地说，不至于我叫你的老板来为我开门吧！

牛五说，规定是公司定的，老板也要执行。

女人沉不住气，对牛五大声吵嚷，牛五就是坐着不动。公司的人惊动了，有的跑来看热闹。金老板的夫人也听说了此事，到公司指着金老板的鼻子臭骂了一通。

金老板的夫人觉得牛五老实憨厚心眼实，就张罗着给牛五介绍对象，想来想去，想起了自己的一个堂表妹花花。花花在小商品市场，租了几节柜台，卖儿童服装。虽然说家是农村的，可来城里面也混打了好几年，生意还做得不错。花花听说牛五刚退伍回来，还没有个正式工作，又比自己小，心里有些不愿意。金夫人劝她说，女大三，抱金砖啊。牛五家那所大宅院，可是块风水宝地，老街就要进行旧城改造了，改造后的老街是仿明清建筑，牛五家的那所宅院正好临街，光出租收的租金就够吃喝一辈子了。牛五没爹没妈，没啥牵挂，你嫁了他，他不得上秆子巴结你，对你好。花花就和牛五处上了。

周末，牛五把花花带回家，嫂子张罗着做了一桌的饭菜。吃完饭，花花要帮着收拾，被嫂子拦住了。嫂子说，你俩去说话吧，等过了门，有你忙活的时候。花花便和牛五钻到屋里，牛五给花花讲在部队的事。牛五说起在部队的事，就像换个人似的，绘声绘色滔滔不绝，花花也听着新鲜，不时地被逗得咯咯直笑。牛五讲完部队的事，就像个闷瓜一般坐着傻笑。花花问牛五，听我姐说你的功夫好，你来两套给我看看呗。牛五说，练武是用来健身的，在部队是用来执行任务的，我练武可不是用来显摆的。花花撇撇嘴说，可能是绣花枕头中看不中用吧，你能用一只胳膊把我撸起来？牛五说，那还不容易，就走到花花跟前，一只手圈住花花的腰把花花抱了起来，花花故意惊叫着，两手搂住牛五的脖子，脸紧紧贴在牛五厚实的胸脯上。

牛五还没有享受到花花给的柔情，俩人的缘分就到了尽头。

那日，牛五接到电话，花花在市场因摊位的事和邻家打起来了，邻家

人多势众，花花吃了亏。牛五急急忙忙赶到时，邻家的几个女人还揪着花花的头发，花花的衣领也被扯开了。牛五一个箭步窜上去，把缠在花花身上的两个女子推到一边。

花花扑到牛五怀里哇哇大哭，说，揍他们，揍他们啊。

牛五攥紧的拳头慢慢松开，搂着花花说，走，咱去找派出所找工商局说理。

花花挣脱出牛五的怀抱，指着牛五的鼻子大声嘶喊，牛五，你个窝囊废。花花哭着走了。

邻家几个大男人看着矮小的牛五，还嘟囔着，以为找了个变形金刚哪。

金夫人找到牛五也奚落了一通，说，五子，你还算个男子吗？你还是条汉子吗？

牛五低着头，搓着手说，让我动手打人，我，我下不了手。首长知道会生气的。

牛五和花花分手的场面很是壮观。正是老街生意繁忙的当口，牛五来到了花花的摊位前。

牛五说，花花，你不是想看我的武功吗，我就练给你看。

牛五左扑右闪打了一通螳螂拳，围观的人大声叫好。

牛五拿起一块砖，一掌断开。抢起一截铁棍砸响自己的脑门，头安然无恙，铁棍已经弯曲。

牛五大声说，花花是我姐。以后谁要是敢欺负花花，我牛五就跟他过不去。

牛五说完扭头就走出店门，花花在后面的呼唤声也没能让牛五回头。

屋外，阳光很暖。牛五觉得浑身轻松。

牛五在公司半个多月没有回家，回到家才发现，哥已经把自己的东西收拾过了，搬到剧团小艳那去了。嫂子和哥平平静静地没吵没闹就分开了。

牛五火气腾地顶上脑门，浑身气得发抖，转身就往屋外走。嫂子知道牛五的脾气，赶忙拉住了牛五。牛五被嫂子按在院子里的石凳上，牛五呼哧呼哧地喘粗气。嫂子，你别拦我，我要教训这个妄恩负义的哥哥。嫂子把毛巾在冷水中涮了涮递给牛五，平静地说，五子，我和你哥有缘分走到一起，在一起生活了十年，这十年嫂子过得很舒坦。今天和你哥分开，也是缘分到了尽头。你哥没错，我也没错。分开了，对你哥好，对我也好。五子，你要过好自己的生活，别操心我们的事情。

牛五哭了一通，心情也慢慢地平静下来。牛五问，嫂子，你今后打算怎么办，我不让你离开这个家。

嫂子说，你哥也是这样说，说这个葫芦院留给我了。可这是你牛家的祖业，嫂子是不会要的，嫂子先给你照看着，等你娶了媳妇，安了家，嫂子就搬走。

牛五倔着脾气说，我不要媳妇，就陪嫂子在这住一辈子。

嫂子说，净说赌气的话，你打一辈子光棍，嫂子还不愿意呢。再说，嫂子也没说以后不再嫁人了啊。五子，嫂子把你一半当弟弟一半当孩子，你还是长不大啊！嫂子有做服装的手艺，已经看中了一个门面。过些天就可以开张了。放心吧，嫂子不会亏待自己。

牛五一上班就到了金老板的办公室。

牛五说，老板。上次吃饭，我听说咱有笔货款没讨回来。

金老板愁眉苦脸地对牛五说，是啊。明市神气公司讹了咱的五十万元货，两年了一分也没给。金老板隐瞒了当年因多喝了几杯，被神气公司的人用女人下了套，结果要告他欺负客户妻子，只好打掉了牙往肚子里咽的

细节。

牛五说，我去要账，老板说过要给奖励的。

金老板喜出望外，说，不管是谁，讨回货款百分之二十奖励。

牛五说，好，我去。

金老板说，牛五，你可小心点，那公司是当地的地痞，别吃亏啊！

神气公司的办公楼气派豪华。公司的蒯老板听说牛五是来讨账的就呵呵地笑，你还来讨账啊，你们给我们的货是次品，还没找你包赔损失呢。还有你们的金老板对我老婆动手动脚的，还没找他算账呢。看你大老远来的，也挺辛苦，到财务支五百块回去吧。

牛五说，我不要五百，我要五十万呢。金老板和您有啥事是你们之间的事，我是来讨公司货款的，公司的钱也是我们的血汗钱。

蒯老板收敛了笑脸说，你恐怕还不知道我公司在本市的影响吧，走吧，我手下的弟兄脾气有些不好。别惹不高兴啊！

门外就进来两个高出牛五一头的彪形大汉，牛五啥也不说扭头就走。

下午，牛五背了个编织袋又来到公司。牛五从袋中倒出一堆红砖，蒯老板吓了一跳，立即叫来两个保镖。保镖正要上前，就见牛五蹲下身，拿起一块砖一掌劈下，砖便断为两截。保镖怔住了，不敢靠前。牛五连劈五块砖，脸不红气不喘。随即左手拿起半块砖，右手中指尖顶在砖面，红色的粉尘纷纷扬扬，顷刻间红砖就被手指钻透。牛五连钻五块砖，还是脸不变色心不跳。牛五抽出一节铁丝，将钻透了的砖块穿成一串，这才缓缓站起身，拍拍手掌，我初来乍到也没啥送老板的，这串项链算是见面礼。说罢，脚尖挑起铁丝，小腿一抖，一串砖便挂到墙角的衣架上。

傍晚，蒯老板在自己的家别墅外，看到一个壮实的男人用手掌在劈砖头。

五十万元的汇票放在金老板的面前，金老板张大了嘴巴。

牛五说，我知道老板对我好，可我不适合在这干。没帮你做啥事又不好意思离开，今天我可以告辞了。

金老板拿出十万元，说，五子，这是给你的。

牛五摇摇头，说，老板，我不要。我嫂子的服装店过几天要开张，你到我嫂子的服装店给咱公司的人做套服装就行了。我谢谢你了。

牛五嫂子服装店开张，金老板带着订单前去祝贺。

牛五嫂子告诉金老板，牛五去了南方。

金老板感慨地说，咱老街少了条汉子。

轻轻地抱你一下

阳光多情善感地透过宽敞明亮的玻璃窗，温和的洒在宽大松软的米黄色水床上，轻轻吻着一张伏在床边被秀发遮掩的白皙的脸。白洁醒了，其实当午后的阳光刚刚探头探脑地窥视屋内，白洁就醒了。她不想动，她喜欢睡眼朦胧享受阳光像初次约会的大男孩一步一步靠近的感觉。

白洁翻转身体，把自己摆放得更舒坦，阳光便拥抱住她线条分明的躯体。白洁知道自己很美，因为午后的阳光总是有些贪婪的赖在她风情的躯体上不肯走。

白洁从小就透着漂亮模子，上小学后，班主任就对白洁的妈妈说，你们家的白洁可是个美人坯子，好好培养长大去当演员、当明星。白洁读高中时，每学期收到的情书都要装满一提包。有她认识的，有她不认识的，

有同学也有老师，还有比她高几届已经上了大学的自认为有了资本的神经蛋。白洁的妈妈最操心的也是女儿周围的男孩子，每次白洁从学校回家，妈妈就要旁敲侧击地摆乎她。白洁就把收到的信件统统塞到妈妈手里，说，老妈，审查吧。不过我得声明两点：第一，所有的信我都没看。第二，所有的信我都没回。妈，别小瞧了你女儿的眼光，你女儿相中的人至今还没在我眼中出现呢。

大学校园里的白洁同样是女生中最出色的，刚入学，就有酸不溜丢的求爱诗偷偷摸摸地就出现在白洁宿舍的门上，其中有一首让女孩笑疼了肚子的：我就是你走廊上那只孤独的痰盂／即使在幽暗的长夜也不肯闭上那空洞的眸子／期望着／你走近我／贴近我／哪怕是亲切的一声问候——啊呸！哪些天，女孩到处打听谁是痰盂，走到楼梯的拐角处，就会夸张地对着痰盂——啊呸！接着就是逗弄男生的串串笑声。上了大四的学生，一大半的心思都用在了即将毕业的就业分配上。到处托人疏通关系，找门路。院校也组织了几次用人单位与毕业生的见面洽谈会，眼看着宿舍的姐妹一个个都有了意向，唯独白洁没有下文。系主任觉得不可思议，专门到用人单位咨询。一位资深人士告诉他，白洁是很优秀的，可她太漂亮了。用人单位不是在选美，男人虽然都喜欢和漂亮女生共事，但也可能因为争宠献媚破坏了平静的小环境；女主管也不会在招聘会上选比自己漂亮的女孩，一是女人嫉妒的天性，二是怕自己失宠，如果她觉得要招聘进来的女人有可能对自己今后的发展构成威胁的话，那她无论如何也不会给别人这个机会的。什么逻辑，什么逻辑噢。系主任对白洁说完去咨询的情况，嘴都气得哆嗦。

起来吧，一、二、三。白洁伸出润滑光洁的双臂在空中潇洒地划成两道弧线，支撑起懒散的身躯，瀑布般秀美飘逸的长发错落有致地婆娑在她前胸后背。她修长纤细的玉指轻轻卷起一缕丝发缓缓地弹出，回落的发丝搅得黑色瀑布瞬间颤动，如从窗隙间溜入的微风羞涩地摇动锦缎窗帘。

白洁毕业后的一段时间里，一直住在家里。妈妈有些着急，她不明白，自己这么好的女儿怎么能找不到可心的工作。妈妈托朋友找熟人为白洁张罗工作的事，一个私企的老板看到了白洁，当下许诺月薪五千元，用不着她做什么具体事，只是跟着他见见客户，吃吃饭，跳跳舞联络联络感情。白洁与妈妈闹翻了脸，妈，就这种人你也放心我跟着他，看着他那双贪婪的眼神我也知道他没怀啥好心。妈妈就掉泪，傻孩子，妈也是为你着急啊！白洁搂着妈妈的脖子，放心吧，妈。想找个吃饭的地方还不容易啊，一个月之内，我把自己打发出去。

周日，白洁无聊的翻阅茶几上堆积了几天的晚报，看到一家中外和资企业的招聘广告，职位待遇不错。白洁坐车跑了半个小时，找到公司招聘地点，已经快晌午了。一男子正低头整理手中的一大堆表格。白洁说，先生，我是来应聘的。男人头都没抬，说对不起，小姐，我们不需要女士。白洁说，可你们招聘启事上并没有说只招男士。男子还是低着头收拾桌上的表格，说，真对不起，我们只招收男士。白洁被男士的态度惹恼了，她凑近男士大声说道，你们是招聘职位还是招聘性别？搞性别歧视我要去告你们的。男人触电般机灵了一下，这才抬起头看到了眼前亭亭玉立的白洁。

白洁如愿地得到了部门主管的职位。白洁也知道招聘他的那个男人叫啸天，是部门的经理。啸天长得很男人，英俊高大，办事利落严谨，磁性十足的嗓声对女人有很强的穿透力。啸天对部下要求很严，工作时间话不多，只有简要的交代。班余时间又和大家侃侃而谈，风趣幽默，很讨女孩子的欢心。啸天似乎并没有多注意白洁的存在，也从不在白洁的面前开些与其他女孩说的玩笑。但是白洁以女性特有的直觉，感觉到啸天在注意她，她背后总有一双窥视自己的眼睛。白洁到公司三个月后，已经能熟练应酬各类合同文本。这天，白洁约好了和朋友吃晚饭。白洁早早地就处理完手头的工作，只等下班走人了。啸天几乎和下班铃声同时走到正准备起

身的白洁桌旁，一大堆资料小山一样摊在白洁的案头。公司新订了一批合同，老总明天就要带走，辛苦辛苦吧。啸天转身就走。白洁无奈地咬咬牙，朝着啸天的背影挥挥拳头。啸天似乎早已料到，刚好转过身来，看到白洁的样子故作疑惑地问，有什么问题吗？白洁收回拳头，没问题，我累了。舒展放松放松，有什么问题吗？白洁的反击显然出乎啸天的意外，他自嘲地笑了笑，走了。

白洁连忙给朋友打电话，赔了不是，骂了自己咒了上司，活还得自己干。该死的啸天！白洁在白纸上几笔勾画出啸天的卡通像，又在他头上添上一只拳头，咧着大嘴的啸天嚷着：有什么问题吗？白洁自己被逗笑了，郁闷的心情疏散了许多，开始投入工作。不多时，肚子就开始和电脑主机竞相鸣唱，白洁只有喝几口茶水对付。忽然，屋内一片漆黑，停电了。白洁处理完的资料还没来得及保存，白忙活了。白洁刚为无效劳动懊悔，马上又对自己的处境担心。南区建设还在开发中，市政建设也没到位。白洁所在的公司附近连路灯也没有，仅有一趟临时开通的118路公交车也赶不上末班车了。眼下这种情况，白洁连公司的大楼都不敢走出去。白洁就又想起了啸天，说不出是什么感受，白洁忍不住对着黑暗处喊了一声，啸天，你这个浑蛋！门口亮起了一只蜡烛，幽幽的火苗更令人觉得不安。白洁紧张地问，谁，谁在门口。她握住桌上的水杯。

祝你生日快乐！祝你生日快乐！

是啸天，手中托着生日蛋糕。坏蛋来慰问好蛋，吃吧。

白洁抓起蛋糕上的奶油抹在啸天的脸上，烛光下的啸天滑稽可笑，白洁哈哈笑了。啸天也不客气，把白洁也抹了个花脸。

公司业绩发展很快，啸天也很受上司的赏识。公司老板去北京开会，专门让啸天陪同。啸天从北京回来后，果然开始负责本部门以外的一些事务，白洁明显感觉到啸天对自己的疏远。事情很快就明了，公司老板有意将来把产业交给啸天，但前提条件是啸天必须成为自己的女婿。上次老板带啸天去北京开会，实际上是带着啸天同女儿见面。啸天自然很讨老板女儿的欢心，而老板的女儿正在读研，长得也端庄秀丽，就是缺少白洁那令啸天怦然心动的秀发。没多久，老板的女儿放假，从北京到花城市游玩，啸天整天陪同俨然一对情侣。白洁没吵没闹，辞去了工作，回到家里。

白洁喜欢午后的阳光。白洁觉得上午的阳光太张扬，不可一世的霸道和蛮不讲理，总是想把一切美好都占尽还矫情做作；晌午的阳光又感觉太恶毒、太挑剔，对什么都不满意对什么都看不顺眼，其实只是个短时间的过渡却不忘恶狠狠地捞上一把。让人有种厌倦了的紧张；夕阳虽然美，但太惨烈、太喋血，总是那种苦苦的挣扎哀天忧地孤凄苍凉又无可奈何的凝重；午后的阳光就不同了，午后的阳光温和恬静，超凡脱俗稳重而淡泊，白洁在午后阳光营造的氛围中才可以尽情地舒展内心的平衡和寂寞。

电话响了，是好朋友梦露。梦露开了一家庆典公司，生意还不错。梦露在电话里说，白洁，好机会来了。你原来的公司要搞两周年庆典，找上门来了，就是那个浑蛋啸天。怎么样，报复报复他！我等你电话。

白洁走到阳台上，拿下裹在头上的毛巾，瀑布般的长发舒展在腰间。还沾着水珠的长发，在阳光的照射下，泛着晶莹的光泽。白洁双手支撑着下巴，伏在阳台的栏杆上，望着楼下车水人流。楼前是个十字路口，上班或下班时段，经常塞车。据说该楼房已经列入城区扩建需要拆迁的范围。平日居在此楼的居民，常常对居住的恶劣环境骂骂咧咧，说住在此处成天喝汽车尾气，寿命缩短好几年。可听说要拆迁了，又都不同意搬，骂城建的不是东西，这样居市中心干什么都方便的宝地到哪去找啊！白洁挺喜欢这嘈杂的地段，心情烦闷时，白洁就爱站在阳台看车来人往，有时能待上几个小时。

正是该上下午班的时间，本来就不宽敞的街道越发显得拥挤。十字路口的车辆已排列地望不到头，焦躁的喇叭声低沉的发动机声，仿佛让人置身于锅炉排气的环境中。红绿灯对汽车还起作用，自行车和行人已不在乎

它的存在,横穿直走没了约束,司机的咒骂声,紧急尖利的刹车声不绝于耳。人们似乎已经麻木,毫无表情,毫无顾忌穿越着自己应该走或不应该的路段。白洁注意到对面路口的一个小青年,十八九岁的样子,留着个电影里的"美国大兵"式的发型,一身牛仔装,耳朵塞着MP3,身躯随着音乐的旋律有节奏地扭动着。他在等绿灯,唯一在等绿灯的人。不停地有人从他身旁穿越红灯,他视而不见,偶尔抬头看看红绿灯的信号,又沉入节奏中。绿灯亮了,小青年不急不慌地走过路口,有闯了红灯的自行车左拐右晃地贴近小青年的身体,小青年本能地往一边闪闪,仍然从容。再过路口,又是红灯,刚走过两步的小青年立即退回白线后,等待绿灯。

白洁的心好像被什么东西触动了,竟然加快了跳动的频率。她觉得是一种感动,一种久违了的感动。白洁看着从绿灯下走过来的小青年,忽然有了很强烈的冲动。她迅速穿上鞋,飞快向楼下跑去。白洁跑到楼下,径自走到小青年的跟前,说,请你等一下。小青年看到只穿着睡衣的白洁,怔住了,他摘下耳机,问,你,你有什么事?白洁脸红了,随口编说,我,我有个弟弟,跟你一样大,他在国外读书,几年没有回来了。我很想念他,你很像我的弟弟。你能让我轻轻地抱你一下吗?小青年看看四周的人,显然有些不知所措。他看到白洁那双流露着真诚渴望的眼睛,点点头,好吧。白洁轻轻地拥住小青年,轻轻地拥着,眼中的泪水滴落在小青年温暖的背上。

白洁给梦露电话说,露露,西城新开了一家啤酒城,顾客可以自己酿酒。我们自己去酿酒,好吗?

白洁挂了电话,午后的斜阳把白洁漂亮的身影拉得很长。

秘密

　　一个人的一生会有许多不愿说出的秘密。或是大秘密或是小秘密，或是自己的秘密或是发现了别人的秘密。保守秘密是个很考验人的耐力和意志的事情。有些人宁肯把一些秘密带进坟墓，也不愿意把秘密公布于众，虽然有些秘密也许可以澄清事实的真相，也许可以解释某些折磨了许多人脑细胞的异象，但是，这些秘密就是不说，打死也不说。于是，就有了研究这些秘密猜测这些秘密的人，他们的猜测乱七八糟、胡诌八扯、七零八碎，可是他们凭此成为学者，凭此著书立说赚了大钱，凭此在电视上云山雾罩糊弄老百姓。哦，扯远了。还是说说我自己保守的那个秘密吧。

　　我很头痛的事情是我那孩子整天不好好吃饭，还大手大脚爱花零钱，他不知道爸爸妈妈赚钱多么的不容易。

　　我这样教育他：你知不知道，爸爸小的时候，连稀饭都吃不饱，可是你哪，大鱼大肉的都不好好吃，浪费掉了。

　　孩子说，爸爸，那你小的时候为什么不去买方便面、大骨面，来一桶。

　　那时就没有方便面。你现在喝着营养奶，喝着优酸乳还皱着眉头跟喝药一样。我小时候，参加运动会也只能喝8分钱的汽水。

　　爸爸，你为什么不喝可口可乐？

　　那时没有可口可乐。

　　怎么没有？可口可乐牌子都一百多年了。

是的，但是那时我们国内没有。

得了吧，老爸。再过20年，我跟我的孩子说，爸爸像你这么大的时候，没有肯德基、麦当劳、必胜客，哈哈，谁信啊！

你说的那些快餐都是垃圾食品，知道吗？最有营养的还是家里的一日三餐，粗茶淡饭。

爸爸，你小时候连这些垃圾都吃不上吗？

孩子又说，老爸，给钱。今天我班小亮过生日，在必胜客。我们去打扫垃圾。

我瞪着眼答不上话。遇到这样的孩子，你说能怎么办？

初秋的一天，轻风荡漾。下班路过菜市场，看到有新鲜的水果上市，我走到卖香蕉的摊位前。

问过价钱，我在挑拣着新鲜的香蕉，看到旁边一位中年妇女，专门挑拣破皮和长了黑斑的香蕉。

看到我的疑问，小贩说，那些坏的，便宜。

我对那中年妇女说，香蕉不能放，你挑拣的虽然便宜，可是更容易坏。

中年妇女叹了口气，没办法，我儿子病了，受凉了，不怎么吃饭，就喜欢吃香蕉。可是，现在的价格太贵了，只能挑些不新鲜的，省钱啊！

看着中年妇女的穿戴很平常，说话并不抬头，只是在小心地翻弄着香蕉。

小贩吆喝她，行了行了，别翻了。好的都被你翻坏了。

中年妇女拿着挑出来的几个香蕉说，这也不够孩子吃啊！

我心里有种说不出的滋味。

我买了两袋香蕉，把其中的一袋子香蕉往中年妇女眼前一放，说，大姐，这香蕉带回去给你儿子吃。

中年妇女抬起头看看我，满脸感激，说，谢谢，谢谢啊！

我快步离去。一路上浮想联翩。

回到家，我剥开一只香蕉给儿子吃，儿子胡乱咬了几口就扔下了，不想吃。我火了，厉声令他捡起来吃掉。儿子没有见过我发这么大的火，立刻老老实实地把剩下的香蕉塞进嘴里。

妻子说，怎么了，发那么大的火？

生在福中不知福啊！我给妻子和儿子讲了我刚才卖香蕉的事情。

儿子低着头不做声。妻子也不好受，眼眶湿湿的。

晚饭，儿子大口大口地吃饭，把拨到碗里的饭菜吃得精光。

从那以后，儿子变了，吃饭不挑不拣，也不乱花钱了。

我把儿子的变化和买香蕉的故事说给同事听，同事又把故事说给自己的孩子听。这个生动的教材真的改变了不少孩子。

中秋节，我们全家去公园看菊展。妻子和孩子去坐过山车，我在湖边散步。

忽然，我看到了那天买香蕉的中年妇女，我连忙问，大姐，你的孩子健康了吧？

中年妇女有些迷茫地望着我。

我说，那天，买香蕉。你说儿子病了。

中年妇女记起来了，说，瞧我这记性。那天真的谢谢你啊！

别客气，孩子健康了就好。

中年妇女满脸开花。好了，早好了。

她扭头朝树丛中唤着，一条黄色的小哈巴狗跳到她怀里，贝贝，儿子，就是这位叔叔给你买的香蕉，快谢谢叔叔。

我不知道自己是怎样逃离的。

人的一生有许多秘密，即便是小秘密也有隐藏的理由。我的这个小秘密，打死我也不说。

呦，这不是说出来了吗？